ヒロシマで考えたこと

宇野　久光
Hisamitsu Uno

溪水社

「ヒロシマで考えたこと」 目次

3 先人を想う

4 日々想念

5 青麦の道

ヒロシマで考えたこと

1

ヒロシマ

宇品港からの被爆風景

　私は宇品海岸に住んでおり、朝な夕な宇品港の四季折々の景色に癒されている。宇品港側からの似島《にのしま》は安芸小富士《あきのこふじ》が美しい。

　宇品市営桟橋の近くに、地上二階建ての古い木造建築が残っている。この建物は、広島に唯一現存する明治期建造の公共建築である。

　明治二七年の日清戦争以来、宇品は兵站《へいたん》拠点となった。明治四二年にこの建物が「広島警察署宇品分署」として建設され、戦後も昭和三九年まで警察署であった。昭和四〇年には「広島県港湾事務所」となるも同五六年には事務所は移転した。その後に、倉庫として使われていたが、現在は空き家となっている。

　昭和二〇年八月六日、爆心地から四・六㎞のこの建物は、屋根などが一部損壊しただけで済み、平成五年広島市の木造の被爆建物リストに登録された。

旧広島県港湾事務所

宇品港側から見る似島

この建物は、日清、日露、太平洋戦争の兵站基地としての宇品港の歴史の証人でもある。

原爆被災当時、軍の誘導で、御幸橋までたどり着いた被爆者は、軍のトラックで宇品港へ運ばれ、港は悲惨な被爆者で溢れていた。それらの生者死者は軍民の船を動員して似島に輸送された。

似島の検疫所のこと

日清戦争時、戦地からの帰還者によるコレラが広島市で流行した。明治二八年に陸軍は、帰還兵が伝染病を持ち込まないように、医師の**後藤新平**臨時陸軍検疫部事務局長の指揮のもと、突貫工事で第一検疫所を完成させた。開所直後には**北里柴三郎**が、新型の蒸気式消毒罐の実験のために訪れている。

明治三八年には第二検疫所が開設し、陸軍が管理することになった。数年後、第一検疫所は海軍の倉庫となった。

昭和一五年の第二次世界大戦勃発に伴い、軍馬の陸軍運輸部馬匹検疫所も開設された。

陸軍運輸部船舶司令部旧蹟

原爆投下後の似島の救護・診療体制

船舶司令部は、戦時における軍隊・物資等の船舶輸送を指揮統率した陸軍の組織で、その司令部が統括した陸軍船舶部隊は、「暁部隊」と通称された。

原爆投下に際し、爆心地に近い広島市の陸軍駐屯部隊は壊滅した。爆心地から離れていて被害を受けなかった宇品の船舶司令部が、救援活動の指揮をとった。

当時市内の病院や救護所は、壊滅状態であった。第二検疫所は被害がなく五千人分の医薬品があったことから、船舶司令部は、被爆者を収容するよう、検疫所に島伝いの手旗信号で命じた。

第二検疫所には船舶防疫班の一つの班と、病院船衛生の第一四班、五三班などが駐屯していた。

陸軍海上挺進戦隊は暁部隊に属し、攻撃艇で爆雷とともに敵艦に突撃する特攻隊である。この部隊は主に十代の少年兵によって構成され、本部は江田島町幸の浦にあった。被爆者の搬送救護にはこの少年兵達も従事した。

八月六日午前十時頃、似島の検疫所の桟橋に船が次々に着き、五〇〇人の被爆者が収容され、一時間内にさらに七〇〇〜八〇〇人が搬送されていた。夕方には検疫所内の三〇棟以上の建物は被爆者で満杯になった。最終的には約一万人の被爆者が島に搬入された。

「原爆被爆者診療の地」の碑

治療には、オキシドール、ブドウ糖、リンゲル液などが使われたが、それも底をつき、食用油、灰なども使われた。

島には原爆被災者の悲惨さを伝える遺構がいくつかある。

広島平和養老館にある「**原爆被爆者診療の地**」の碑は、第二検疫所（似島臨時野戦病院）で救護・医療に当った旧暁六一六五部隊（病院船衛生第五三班）の西村幸之助らが昭和五三年に建立したものである。「昇天の霊よ永久に安らかなれ」と碑面にある。

この西村元医院長の記録には、

「怪我や火傷の軽い人でも放射能のせいで、三〜四日で死亡されていました。流動食を用意しても、だれも食べませんでした。私たちは必死でしたが、ほとんどの人は一〜二日で死んでいかれました」

「三日三晩、ねるひまもおしんで手足の切断手術をしました。四日目の朝には、五〇〇〇人分の麻酔薬や衛生材料が全部なくなりました。まだ、一五〇人の手術患者がいるのに、あと三人分の縫い合わせ糸しかありません。そこで麻酔無しの手術の希望者を募集しました。

一人の女子高生が希望しました。私は心を鬼にして手術することにしました。いよいよ手術開始。このときの断末魔のようなうめき声は、いまだに私の耳に焼き付いて離れません」

等々、当時の惨状が述べられている。

また、ある元衛生上等兵の証言、

「患者の様子を見て回りました。この時、不思議なことを発見しました。ここに着いたときには火傷と怪我だけであったのに歯茎から血がにじみ出ている者、顔や手足、身体のいたるところに斑点を出している者をみつけたのです」

酸鼻を極めた第二検疫所も、八月一二日頃より被爆者は広島市周辺の町の病院施設に搬送され、八月二五日には残った被爆者五〇〇人を全て他の施設へ転送して、臨時野戦病院としての役割を終えた。

慰霊碑

「おびただしい数の死体を、今の似島中学校のグラウンドに穴を掘って焼くことになりました。すでに穴は掘られていました。この中に死体を投げ込んで、何層にも積み重ね、火をつけるのです」と元特攻隊員の証言にある。

昭和四六年、似島中学校の農業実習地から推定五一七体の遺骨と推定一〇〇体分の骨灰、その他の遺品が発掘された。広島市は翌年「慰霊」碑をこの地に建立した。

似島の「慰霊」碑

馬匹検疫所焼却炉の遺構

ある元特攻隊員の証言によれば、

「桟橋には、たたみ表につつまれた死体や、そのまま

馬匹検疫所の遺構

のものが無造作に置かれてありました。間もなくこれらの死体を馬の焼却炉に運ぶよう命令されました」

「馬の焼却場は人間だと三〇人くらい焼けるそうですが、一回の時間がかなりかかるということで、とうとう大きな馬小屋も死体で一杯になりました」

馬匹検疫所の馬体焼却炉は、平成二年に三つの焼却炉が発掘調査され、スコップ三〇〇杯分の原爆死没者骨片、骨灰が発掘された。

平成三年に焼却炉の一基が似島臨海公園内に移設保存された。

慰霊の広場

平成一六年に広島市が、戦後三回目の遺骨発掘作業を似島小中学校隣接地で行い、推定八五体分の遺骨と六五点の遺品が発掘された。花が植えてある広場には、盛り土がいくつかあり、墓標には「しあわせを願う塔」などの生徒がつけた碑名が記してある。

第二検疫所の井戸

慰霊の広場

第二検疫所の井戸

別の元特攻隊員は、水を求めた被爆者たちのことを証言している。

『水をっ！』『水をください』と、それは言葉にならないうめき声を残して、多くの方々が亡くなられました」

「八月七日、明るくなった庭をみると、遺体の山があってとても驚きました。そこには小さな泉もあったので、部屋から這い出した人たちが折り重なって死んでおられました」

第二検疫所の水源であった井戸は、被災者救護に使われ、末期の水ともなった。似島臨海公園内にその井戸が残っている。平成二三年からの毎年の平和記念式典では、この井戸水が原爆死没者への献水に使われている。

ヒロシマの医師たちの記録と記憶

私は山口県の山陰地方に生まれたので、子供の間で原爆のことが話題になることはなかった。ピカドンで広島は七〇年は草木も生えないと父親が言っていたのと、ソ連の水爆実験のとき放射能の雨の話を小学校の担任教師が話したのを覚えている。

高校生のとき仲の良い同級生が、「ちちをかえせ　ははをかえせ　としよりをかえせ　こどもを」で始まる峠　三吉の「原爆詩集」を読むように勧めた。多感な年頃の私にはかなり強い感情体験であった。

高校三年生の頃であったろうか、福山市出身の井伏鱒二の「黒い雨」が話題になり、マスコミで取り上げられた。以後「黒い雨」という言葉が、人口に膾炙されるようになった。この小説は、被爆軍医・岩竹　博の『岩竹手記』と被爆者の記録をもとにした小説であった。

物語は、広島市内で被爆して生活労苦を余儀なくされている夫婦と同居している婚期を迎えた姪が、被爆者であるという噂で結婚できないでいたというところから始まる。夫婦は、被爆当時の自身の日記を清書することで、姪が被爆者ではないことを証明しようとするが、姪は広島市に入市しようとする途中、瀬戸内海上で黒い雨を浴びていた。しかも入市被爆もしていた。

妻の「あの頃なら、黒い雨のことを人に話しても、毒素があることは誰も知らんので、誤解されなんだでしょう。でも、今じゃ毒素があったこと、誰でも知っています」という言葉は象徴的であった。

結局姪も原爆症を発症してしまう。淡々とした文章で、心の救われどころのない小説であった。

蛇足であるが、黒い雨を国際的に有名にしたのが、マイケル・ダグラスと松田優作の演技で有名になったハリウッド映画『Black Rain』である。この映画は、私が米国に留学していたとき観たが、米国でヒットしていたように記憶している。ヤクザの親分役の若山富三郎が、アメリカの落とした原爆によるBlack Rainの後、日本が変わってしまったというようなことを言ったのを覚えている。

現在広島市が「黒い雨」の援護地域拡大を政府に訴えているのは、周知のとおりである。

大学一年生のとき、大江健三郎の『ヒロシマノート』が、学生たちの教養書の一つとなった。教養部の夏休みにこの本を片手に、広島の原爆資料館を訪れ、大学生の私の心に深くヒロシマという錘がつけられたような気がした。

また、当時広島原爆病院の院長だった重藤文夫と大江健三郎の対談集『対話　原爆後の人間』から医学生の私は、被爆を医療の観点から考えることを何となくではあるが学んだ。

大学を卒業して、日本や外国の各地を巡り、平成八年よりご縁があり広島で働かせていただいている。さらに平成一六年より、広島赤十字・原爆病院および日本赤十字広島看護大学で働かせていただき、今度は、被爆者の方々と直接かかわる機会が多くなった。

広島赤十字・原爆病院の周辺住民や患者の方々、医師・看護師、原爆病院入院患者の方々の証言を集めた「命の塔～広島赤十字・原爆病院への証言～」は、広島赤十字・原爆病院の戦後を知らない私に、医療を通じて先人・先輩たちの労苦を追体験するものであった。

さらに、敗戦から一〇年目にあたる昭和三〇年八月号の文藝春秋で、「一九四五年夏」

文藝春秋昭和30年8月号の重藤文夫先生の論文

広島市医師会の「ヒロシマ医師のカルテ」

と題した特集記事の中にある廣島日赤病院長故・重藤文夫先生の「生きているヒロシマの悲劇」と題する論文を読んだ。先生は山口赤十字病院から赴任して来たばかりで、広島駅で市電を待っているとき被爆された。

先生の論文は実在の被爆患者の話から始まり、その後の広島日赤での病院の惨状、地下室のレントゲンフィルムが全て感光していて、これは放射線爆弾だと気付いたこと、五〇日間病院に泊り込んで被爆者の治療に当たったこと、自身も白血球減少が生じたこと、病院の再建の苦労などを述べておられた。被爆者が次々と死んでいかれる中で、被爆者の登録とその健康管理の必要性を身をもって感じ、その推進に努力されていたことなどが書かれていた。

全文を通して、被爆者を診ている臨床医として原爆に対する静かな怒りが溢れ、最後に「この原爆のおそろしさを知っているのは、廣島市民と長崎市民、いや日本人の特権である。この特権は、同時に全世界に原水爆禁止運動を促進させる義務につながる」とされていた。当事の被爆者医療の状況が想像できた。ちなみに重藤先生は九大第一内科の御出身で、私の大先輩である。

広島市医師会は平成元年に、昭和四五年から六三年までの「広島市医師会だより」の原爆特集に寄せられた記事をまとめた「ヒロシマ医師のカルテ」を発刊している。これは先輩の広島の医師の方々が、個人的にあるいは公にどのように原爆とかかわってきたかの貴重な記録である。発刊から既に二六年経った。重版して医学に携わる若い方々に是非読んでいただきたいと思う。

先輩医師たちがヒロシマで経験されたことを、私たち広島の医療従事者は記憶しておく義務があるように思える。

オバマ大統領の広島演説を読む

今年（二〇一六年）、オバマ大統領の平和公園での演説を live で視た。日本での演説を意識し、分かり易い英語で、ゆっくり語句を区切っての演説であった。演説を聞いたときは、正直それほど感動しなかった。多くの日本人と同じく被爆地広島に即した内容を期待していたからである。

新聞に掲載された長い演説原稿は、米国世論への気遣いからか、原爆投下は人類全体の戦争の歴史の中での悲劇で、第二次世界大戦中の大量犠牲事例の一つとし、被爆者に日本人、朝鮮人や米国人捕虜を入れることで、人類全体の悲劇としていた。

リベラル系の英紙 The Guardian に、**Who wrote Obama's Hiroshima speech?** という記事が出た。その中で、Obama 氏は常に優れた演説家であるとし、

Since arriving in the White House, **the lyrical quality of his rhetoric** has continued to soar higher than actual policy achievements, especially when it comes to nuclear disarmament.（オバマ氏はホワイトハウスに入ってから、**演説の修辞法が抒情詩的**になり実際の政治行動より舞い上がっている。殊に核軍縮のことになるとそうなる）と評した。核軍縮の演説とは、二〇〇九年プラハでの核軍縮を訴えた演説と、ノーベル平和賞受賞演説であろう。この二つと広島での演説草稿は、内容的に同一人物が書いたことが分かる。

広島の演説原稿は、大統領副補佐官 Assistant to the President and Deputy National Security Advisor for Strategic Communications and Speechwriting である三八歳のベン・ローズ（**Ben Rhodes**）氏が書いた。氏は作家志望の青年であったが、例の二〇〇一年の九・一一テロに遭遇して政治に転じ、三〇代の初めに大統領のスピーチ・ライターになった。

Guardian 紙によれば、ローズ氏は wordsmith（言葉の職人）として演説の初稿と最終稿の文章表現には関与するだろうが、その間の過程は政府のそれぞれの部局によって推敲され、さらに大統領自身が手書きで書き込んでいる。すなわち、**発表演説はあくまでも大統領自身の声であるとみるべき**としている。

ローズ氏もヒロシマ演説のマスコミ報道が気になったのか、自らのブログに、

Over the course of our trip, the president continually reworked his speech.

と、広島への旅では最後まで大統領が演説草稿に手を入れていたことを記していた。その例として、最初の五行の文章で、"**humankind now possessed the capacity**" が "**humanity now possessed the means to destroy itself.**" に書き換えられている原稿の写真をブログにアップしていた。

演説の背景を念頭に置いて、この演説を読んでみよう。冒頭の、

Seventy-one years ago, on a bright cloudless morning, death fell from the sky and the world was changed. A flash of light and a wall of fire destroyed a city and demonstrated that mankind possessed the means to destroy itself.

は、過去の大統領演説にこのような詩的情景描写から始まった演説はなく、短い文に、原爆の破滅的な恐怖が表現されている。この部分は物語作家たるローズ氏の **lyrical quality** による文章であろう。ここには、原爆投下行為者がなく、被害者の

特定もない情景描写のみである。良く練られた詩的文章である。

その後に三度繰り返される同じフレイズで、大統領が広島に来た理由を述べている。

Why do we come to this place, to Hiroshima?

——そんなに遠くない過去に、解き放たれた恐怖の力を深く考えるため。そして亡くなった方々を弔うため。

That is why we come to this place.

——この街の中心に立ち、原爆が落ちた瞬間を想像しなければならない。目の前の光景に戸惑う子供たちの恐怖を感じるために。

That is why we come to Hiroshima,

——七一年前の朝、私たちと同じ普通の人々に、家族の朝の貴重なひとときがあったことを思うため。

科学が人類そのものの存続を危うくした不条理を繰り返し述べているが、その解決策として、暴力や戦争の悲惨さに**imagination**を働かすことにより、それを避けるように努力すべきと説いている。

今回の演説には、**moral revolution, moral imagination, the start of our own moral awaking** と **moral** という言葉が三回も出て来る。このような言葉を使用し始めたのは、二〇〇九年のプラハ演説での、**as the only nuclear power to have used a nuclear weapon, the United States has a moral responsibility to act.** からである。そこでは、「**原爆を使用した唯一の国として行動すべき米国の道徳的な責任**」を述べていた。さらに、同年の東京サントリー・ホールの演説では、

I am pleased that Japan has joined us in this effort, for **no two nations on Earth know better what these weapons can do**, and together we must seek a future without them.

「**地球上で米国と日本ほど核兵器の脅威を知っている国はない**」と間接的に原爆投下を認めていたが、被爆地広島でそれは言えなかったのであろう。

また、同年のノーベル賞受賞講演では、

As someone who stands here as a direct consequence of Dr. King's life work, **I am living testimony to the moral force of non-violence.**

と自らを、「**非暴力の持つ力の道徳的な生き証人**」と定義している。

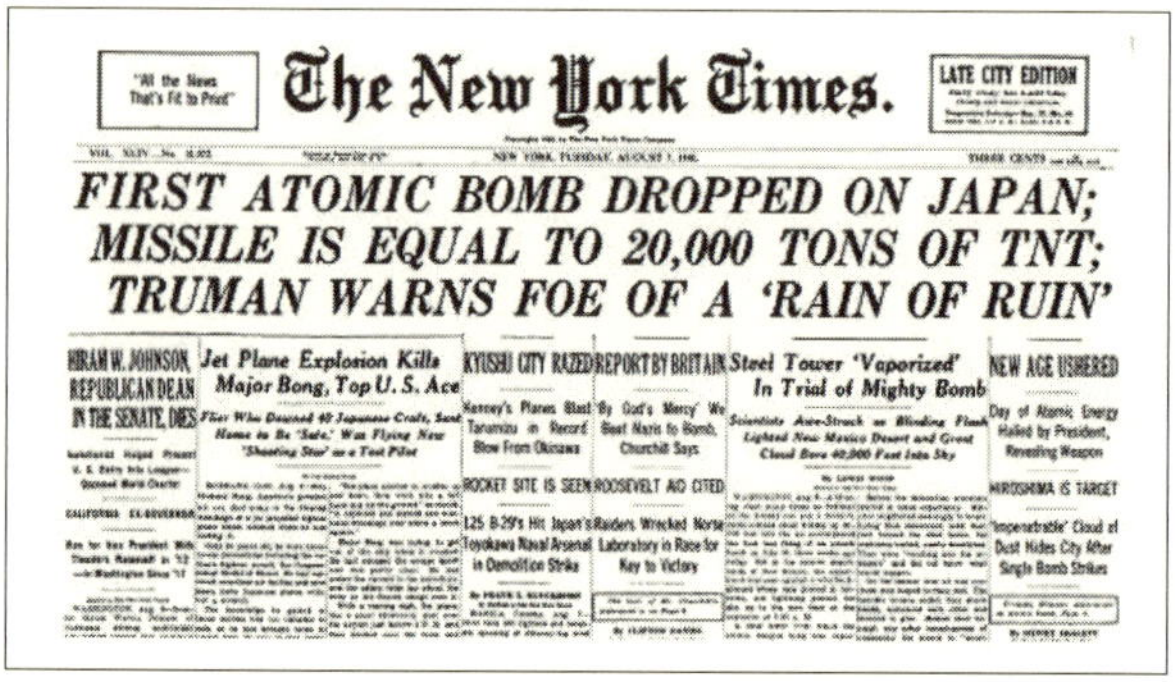
"All the News That's Fit to Print"

The New York Times.

LATE CITY EDITION

NEW YORK, TUESDAY, AUGUST 7, 1945.

THREE CENTS

FIRST ATOMIC BOMB DROPPED ON JAPAN;
MISSILE IS EQUAL TO 20,000 TONS OF TNT;
TRUMAN WARNS FOE OF A 'RAIN OF RUIN'

HIRAM W. JOHNSON, REPUBLICAN DEAN IN THE SENATE, DIES

Jet Plane Explosion Kills Major Bong, Top U. S. Ace

Flier Who Downed 40 Japanese Craft, Sent Home to Be 'Safe,' Was Flying New 'Shooting Star' as a Test Pilot

KYUSHU CITY RAZED

Kenney's Planes Blast Tarumizu in Record Blow From Okinawa

ROCKET SITE IS SEEN

125 B-29's Hit Japan's Toyokawa Naval Arsenal in Demolition Strike

REPORT BY BRITAIN

'By God's Mercy' We Beat Nazis to Bomb, Churchill Says

ROOSEVELT AID CITED

Raiders Wrecked Norse Laboratory in Race for Key to Victory

Steel Tower 'Vaporized' In Trial of Mighty Bomb

Scientists Awe-Struck as Blinding Flash Lighted New Mexico Desert and Great Cloud Bore 40,000 Feet Into Sky

NEW AGE USHERED

Day of Atomic Energy Hailed by President, Revealing Weapon

HIROSHIMA IS TARGET

'Impenetrable' Cloud of Dust Hides City After Single Bomb Strikes

New York Times, August 7, 1945の見出しには、
「トルーマン大統領日本に破滅の雨を警告」とある

大統領は、これらの演説では自らが現実には軍の最高司令官であり、世界に軍隊を派遣しなければならないジレンマを述べ、現実世界の紛争については、the imperfections of man and the limits of reason（人間は完全ではなく理性にも限界がある）としていたが、今回も同様に、

We may not realize this goal in my lifetime, but persistent effort can roll back the possibility of catastrophe.

と、自分が生きている間には核廃絶はできないだろうとしている。しかし努力を続ければ人類は破滅から救われるだろう、という。

今回の訪問で日本人に一番印象に残った場面は、大統領が被団協代表の坪井　直氏と笑顔で握手して語り、被爆死した米軍捕虜の家族を

四〇年間調査してきた森　重昭氏と抱き合った瞬間であろう。森　重昭氏の活動は、Barry Frechette 氏により「**Paper Lanterns**」というドキュメント映画になった。NHKの番組で米国人観客が涙を流すのを視て、私も心を動かされた。

ヒロシマが今後も**the start of our own moral awaking（道徳的な目覚めの始まり）**の地となるような地道な努力を続けていくことが、私たちの道であろう。

核兵器とノーベル平和賞

本年（二〇一八年）六月シンガポールで、トランプ米国大統領と北朝鮮の金正恩《キムジョンウン》朝鮮労働党委員長の米朝会談が実現し、共同声明には朝鮮半島の非核化も謳われている。

この会談に先立つ米国でのトランプ大統領支持者の集まりで、米朝会談の立役者として、「ノーベル賞」という支持者たちの合唱に、同氏が相好を崩す様子を、テレビは繰り返して流していた。しかし、非核化の具体的プロセスは杳《よう》として五里霧中である。

核兵器禁止や廃絶に関して、ノーベル平和賞を政治家や団体が受賞しているが、その実効性の面から賞の妥当性に疑問を抱く声もある。そのことについて考えてみたい。

佐藤栄作首相が、一九七四年に日本人初のノーベル平和賞を受賞したとき、多くの日本人はその受賞理由がよく理解できなかった。

1967年衆議院予算委員会において非核三原則を表明する佐藤首相（時事通信社）

ストックホルム市庁舎のノーベル賞授賞式会場（著者撮影）

当時のノーベル賞委員会の公式声明には、

the **Japanese people** have played in promoting close and friendly cooperation with other nations. Japan's attitude has helped to strengthen **peace in East Asia**（**日本国民**は、他国と友好外交を推し進め。その姿勢は、**東アジアの平和**を推し進めるのに寄与した）

とあり、**日本国民に対して与えられた**賞であることが分かる。また、**非核三原則**についても言及している。

Eisaku Sato has affirmed his determination to adhere to his doctrine that Japan shall never own, produce, or acquire nuclear arms.（**佐藤栄作**は、日本は核兵器を保有、生産、および持ち込ませないというドクトリンを固辞する決意を確約した）。

この受賞理由とは裏腹に、二〇〇九年に、沖縄への核持ち込みに関する密約の合意文書が佐藤家に保管されていたことが明らかになったのは周知の通りである。

プラハのフラチャニ広場で演説する
オバマ大統領（wikisource）

二〇〇九年に大統領に就任した**オバマ大統領**は同年、チェコの首都プラハで演説を行った。

オバマ氏は、「**核兵器を使用したことがあるただ一つの核保有国として、米国は道義的な責任を持っており、米国は核兵器のない平和で安全な世界を追求する**」とした。

同年ノーベル賞委員会は、オバマ氏の核なき世界の理念は、軍縮や軍備管理交渉に力強い刺激を与えた、としてノーベル平和賞を与えた。

しかし、最大の核保有国からの提言は無理があり、その後核兵器削減は進んでいない。

核なき世界の理念と行動を市民のレベルで世界に押しすすめたのは、広島に縁の深い二団体である。

IPPNW（**International Physicians for the Prevention of Nuclear War：核戦争防止国際医師会議**）は、核戦争を防止する活動を行う医療関係者の国際組織である。

ＩＰＰＮＷは、米国のラウン博士がソ連のチャゾフ博士に核戦争を防止するための米ソの医師からなる運動を提案したことに始まった。

　一九八〇年にＩＰＰＮＷが設立され、一九八一年以来世界会議と地域会議を開催している。一九八五年にＩＰＰＮＷは、核戦争によってもたらされる壊滅的な結末に関する警告を発し、信頼できる情報を広げ、一般市民の核兵器に反対する圧力を増大させたとの理由で、ノーベル平和賞を受賞した。日本支部の事務局は**広島県医師会**内にあり、二〇一二年に広島で開催された第二〇回ＩＰＰＮＷ世界大会は記憶に新しい。

1985年のノーベル賞受賞式でのラウン博士とチャゾフ博士（IPPNW ホームページ）

　ＩＰＰＮＷを母体として核兵器禁止条約づくりに邁進したのが、**ICAN**（**International Campaign to Abolish Nuclear Weapons：核兵器廃絶国際キャンペーン**）である。
　二〇〇六年ＩＰＰＮＷは世界大会で**核兵器禁止条約**づくりを提案した。そのＩＰＰＮＷを母体に二〇〇七年ＩＣＡＮが発足した。二〇一一年にジュネーブに国際事務所を設置して以来、核兵器を国際法で禁止する

2017年のノーベル賞受賞式でICANのフィン事務局長（右）とサーロー節子氏（真ん中）（ICAN ホームページ）

キャンペーンを展開してきた。

昨年（二〇一七年）に核兵器を初めて法的に禁じる**核兵器禁止条約**が国連で採択された。

この条約の採択に主導的な役割を果たし、核なき世界の実現への運動に新たな方向性と活力を与えたと評価され、ＩＣＡＮは二〇一七年度のノーベル平和賞を受賞した。

ノーベル授賞式で、広島の被爆者サーロー節子氏が、一三歳のとき「奇跡のような偶然」によって原爆を生き延びた一人として行ったスピーチは心に響いた。

At 8:15, I saw a blinding bluish-white flash from the window. I remember having the sensation of floating in the air.

As I regained consciousness in the silence and darkness, I found myself pinned by the collapsed building.

Then, suddenly, I felt hands touching my left shoulder, and heard a man saying: "Don't give up! Keep pushing! I am trying to free you. **See the light coming through that opening?** Crawl towards it as quickly as you can." As I crawled out, the ruins were on fire.（八時一五分、窓からの青白い閃光に目がくらみました。体が宙に浮かぶ感覚を覚えています。静かな闇の中で意識を取り戻すと、倒壊した建物の中で身動きできないことに気付きました。

そのとき突然、私の左肩に手が触れるのを感じました。男の人の声が聞こえました。「諦めるな。進め。助けてやる。**あの隙間から光が差すのが見えるか**。あそこまでできるだけ速く這っていくんだ」、這い出ると、倒壊した建物には火が付いていました）。

と自らの被爆体験を述べ、**Our light now is the ban treaty.（今は、核兵器禁止条約が私たちの光です**）と結んだ。

夏目漱石は「私の個人主義」という有名な講演で、次のように述べている。

「**国家的道徳**というものは個人的道徳に比べると、ずっと段の低いもののように見える事です。元来国と国とは辞令はいくらやかましくっても、徳義心はそんなにありゃしません。詐欺をやる、誤魔化しをやる、ペテンにかける、滅茶苦茶なものでありま す。だから国家を標準とする以上、…よほど低級な道徳に甘んじて平気でいなければならない」

「だから国家の平穏なときには、徳義心の高い個人主義にやはり重きを置く方が、私にはどうしても当然のように思われます」

核保有国の「国家的道徳」の代弁者の政治家に、核放棄を期待することは困難な状況である。そうであるなら、「個人的道徳」の集合体こそ、人類のひいては東アジアの平和に貢献するように思える。

まだまだ道程は、Long And Winding Road である。

被爆の交響詩『句集広島』の再発行を

広島市内の古書店で、昭和三〇年八月六日発行の『句集広島』（句集広島刊行会発行）を偶然手に入れた。当時の粗末な紙は経年による劣化が激しく、丁寧にめくらないと、すぐに裂けてしまう。

昭和二六年にアメリカ合衆国をはじめとする連合国諸国と日本国との平和条約（通称「サンフランシスコ講和条約」）が批准され、翌年発効したことにより、日本国の主権が承認され、日本と連合国との間の「戦争状態」が終結した。

占領下では、原爆症の研究や被爆者の実態把握や救済対策も思うようにできなかったが、ようやくその時期が訪れた。昭和三〇年は戦後の混乱から一〇年経ち、既述のように同年の文藝春秋八月号「特集一九四五年夏」の中に、廣島日赤病院長の重藤文夫先生の「生きているヒロシマの悲劇」が掲載され、全国に原爆症の実態を知らせた。

『句集広島』の装丁

この年は、原水禁署名運動全国協議会第一回全国大会、原対協研究治療部内に広島血液研究会設置、原爆乙女二五名が治療のため渡米、広島平和記念館完成などがあった。

このような年に『句集広島』が発行された。全国俳句雑誌、各機関誌、新聞を通じて、原爆に関する俳句が公募され、選考の結果、五四五名の一五二一句が掲載されている。広島の被爆者の句が多いが、長崎をはじめ全国からの句が掲載されている。俳句だけでなく、短歌、短詩の形式のものもみられる。また、原爆詩人で小説家の原　民喜の遺句も収載されている。

この句集には、当時の日本の代表的俳人たちの原爆被災に寄せた作品も網羅されている。

石塚友二、金子兜太、西東三鬼、鈴木六林男、高柳重信、冨澤赤黄男、中村草田男、藤田湘子、細見綾子などの句である。

被爆のような花鳥諷詠の世界とは対極の事象では、職業俳人も体験者に及ばない。

たとえば、

爆心地で汗する無数の黙《もだ》に合ひぬ　（相原左義長）
みどり児は乳房を垂るる血を吸へり　（西本昭人）
じゃがいものごとき皮膚垂れ被爆者寒がる　（佐伯泰子）
広島の医師に口なし原爆以後　（島津亮）
荒縄に妻を背負ひて飢える命　（村上敏夫）
炎天下生ける掌伸ぶる死屍の中　（松井池亭）

などなど枚挙にいとまがない。

職業俳人の句では、戦後前衛とか社会性俳句と言われた金子兜太《かねことうた》（現代俳句協会名誉会長、日本芸術院会員、文化功労者）の一九五〇年広島駅頭での句には、リアリティがあった。

霧の車窓を広島走《は》せ過ぐ女声《じょせい》を挙《あ》げ

（広島駅頭には売春の女性がいたるところに立っていました。霧がまいてきて、瓦礫と化した街全体から悲鳴のように女性たちの声が聞こえてくるように思えてなりませんでした）

社会思想家、政治家、教育者として著名な初代広島大学学長の森戸辰男氏が、句集の長い序文を書き、次の言葉で終えている。

恐らく、史上創めての出来事を焦点とする世に類のないこの最短の庶民詩集「広島」は、かの日に生き残ったものと逝いたものとのともに奏でる魂の交響曲であるばかりでない、かの日を機縁として、平和を求める世界の国々と人々とわれわれとを結ぶ心情の綱となることに、私は強い望みをかけるのである。

句集広島刊行会委員によるあとがきには、

あの日を永遠にとどめよう。忘れ去られることのないように——。

忘却が生むおろかな反復によって、ふたたび、地表の亀裂に、おびただしい血が流しこまれることのないように——。

消えやらぬ数々の戦慄の記憶と、深い深い慟哭を、ここに刻み込んで遺そう。

同時に、力強い平和へのうたごえを、ここにぎつしり詰めこもう。

とめどない涙も、ここにひとつの底光る決意として象嵌するのだ。

平和のために——。


とある。

これとまったく同じ内容のことを、オバマ大統領は広島演説で述べた。

Some day the voices of the Hibakusha will no longer be with us to bear witness. But the memory of the morning of August 6, 1945 must never fade. That memory allows us to fight complacency. It fuels our moral imagination, it allows us to change.

（いつの日か、証言する被爆者の声は聞くことができなくなるでしょう。しかし、一九四五年八月六日の朝の記憶は決して消え去ってはなりません。あの日の記憶は、私たちを現状の自己満足と戦うよう仕向けるのです。道徳的想像力を刺激し、私たちを変化へと導いてくれるのです。）

2

大震災

陽はまた昇る——東日本大震災

東日本の大地震と津波、それに続く原発事故と、当初一週間はテレビ画面に気が滅入り、うつ状態であった。これには、テレビ報道の情緒的なやり方に反応して、無力感が増したことも、一役かっている。一〇日が過ぎ、災害の復興という言葉を口にする段階になってきた。今回の災害では、医療関係の機構や組織の反応は早く、いずれ落ち着いた時点で報告されるであろう。ここでは、一内科医としての思いをとりあえず述べる。

各学会はネット上で迅速に対応し、透析医学会、糖尿病学会、医学放射線学会、臨床腫瘍学会、呼吸器学会、プライマリ・ケア学会などの各学会のホームページは役に立ったようである。特に、放射線障害に対する医学放射線学会のホームページでの対応はタイミングが良く、多くの専門外の者が参考にしたと思われる。また、各学会の医療品不足や患者に対する対応も早かった。

　これらとは別に、私が加入している総合内科専門医のメーリングリストでは、途中から被災地の医師から情報が伝えられ始めた。病院の緊急電源用の燃料不足、透析液やダイアライザーの不足、患者の受け入れ先の問い合わせなどなどの依頼が次々と寄せられた。これらのものは、医師だけではどうすることもできないこともあったが、患者の受け入れなどには非常に役に立った。興味深かったのは、吸引チューブの不足があり、使用済みチューブの再利用法を尋ねるメールに対して、いくつかの滅菌法が寄せられたが、最終的には、在宅看護療法にあるアルコールと食酢を用いて消毒する方法がとりあえず役に立った。

　放射線障害に対して、長崎大学の医師から、この程度のことで世間は何を騒いでいるのだ、自分たちは爆心地で終戦後ずっと診療をしているという内容のメールがあった。私たち広島の医師も事情は同じであり、同じような気持ちはある。しかし、当時の人類は放射線のことは良く知らなかった。ヒトは一度その危険を知ってしまうと、それに対して知識による恐怖心を抱いてしまう。

　政府会見では胃透視による被曝線量との比較がなされたが、ひと昔前の医師は重い鉛のプロテクターを付けて毎日胃透視にいそしんだ。私も研究で ^{125}I などの何種類かの放射性物質を一五年間位扱った。このようなことを一般の人にいくら話しても無駄であろう。そもそも、原発施設周辺の住民に放射線被曝の基準値などは、知らされていたのだろうか。今まで広島県は放射線被曝の悲惨さを訴えてきた。今後は、国民に向けた放射線被曝に対する安全指針ガイドラインの作成にも意を尽くさなければならないであろう。

私が属している米国内科学会では、ただちに日本に対する見舞いと、同会としてできることはないかというメールが義援金の申し出と一緒に届いた。また、放射線被害が問題になると、米国の放射線被曝に関するガイドラインや文献が送られてきた。

ヒトは好奇心の強い動物であり、危険の正体を知ろうとする。これがヒトの文化の進歩の源である。テレビで、津波が足元まで来ているのに、津波の様子を見ている人々を見ていると、思わず「早く逃げろ！」と叫びそうになる。ヒトの危険に対する高い学習能力により、今後はいかなる津波でも全力で逃げ出すであろう。

今回の地震に対する各国のメディアの反応は早かった。New York Times のインターネット版では tsunami や被災地の様子をずっとビデオで流し、被災の客観的な写真集も掲載している。

海外の新聞では、災害にあった日本人の落ち着きと秩序を称賛していた。私はこれらの記事を読んで、被災した東北の方々を思い涙ぐんだ。今回ほど日本民族としての連帯・同胞意識を感じたことはなかった。支援に向けての All Japan の発足である。私に個人的に来た海外からのメールに、陽はまた昇る The sun also rises、と返事に添えた。

東日本大震災から一年半

大震災からちょうど一年半経った今年（二〇一二年）九月上旬に仙台で学会があり、それを利用して宮城県の沿岸部を廻った。

まず仙台駅から仙石線で石巻へ向かった。途中松島駅付近と松島湾を眺めたが、津波の爪痕は残っているものの、風景は以前とあまり変わらないように見えた。松島海岸駅からは、代行バスで矢本まで行った。バスから見ると線路は海岸のすぐ傍を走っており、線路の電柱は傾いたままである。矢本から再び電車に乗り石巻駅で降りると、舗装された駅周辺はきれいで、津波の跡はない。ここは結構海抜が高いらしいが、タクシー運転手に聞くと、駅の周りにも八〇㎝の高さまで津波が押し寄せ、その清掃が大変であったらしい。彼は、地震発生時にはお客を断り、身内のところに駆けつけて、津波の難を逃れたという。

空襲を受けた跡のような門脇小学校の廃墟と横断幕の前でキャッチボールをしている子供たち

石巻では撤去された家屋の跡に雑草が生い茂っていた。遠く海岸の方に見えるのは廃屋と瓦礫

タクシーで小高い丘の住宅街を抜けて降ると、遠くの海岸に至るまで一面の野原で、背丈ほどある雑草が生い茂っている。そこから家の土台のコンクリートがのぞいている。すぐそばに三階建ての門脇小学校が残っており、外壁は剥がれ落ち、割れた窓ガラスの枠は折れ曲がり、空襲を受けた建物のようであった。校舎の外壁に「門小ガッツ　僕ら負けない」の横断幕が懸かっていた。

海岸線に向かって進むと、野原の中に五階建ての白い建物がぽつんと残っていた。現在は打ち捨てられた石巻市立病院である。海岸沿いに石巻漁港を訪れると、更地にいくつかの仮の水産加工工場が建っていた。駅への帰路の国道沿いに、津波による破損のひどい家屋に人が住んでいた。また、真新しいホームセンター、スーパーなどが、津波で平地となった跡に建っていた。津波で小売商店などがなくなり、

打ち捨てられた石巻市立病院が雑草に囲まれて残っていた

代わりに次々と建ったものと思える。
国道沿いの山裾に墓苑があった。新しい墓石が多く、きちんと整備されているのを見て、東北人はなんて祖先を大切にする信心深いことだと感心したが、考えてみるとそれだけ新しく多くの死者を弔ったのであり、胸が痛んだ。
旧北上川を渡る橋から見える三角州に、津波に流されなかった「石ノ森萬画館」が見えた。駅に着くと駅の道路側のガラスには石ノ森章太郎の島村ジョーをはじめとする「サイボーグ００９」のメンバーの勇士がステンドグラス風に描かれている。そのノスタルジックな絵に何か勇気付けられたと同時に、「石巻よ、サイボーグ００９だ！」と意味なく思った。
今回の震災での石巻市の医療活動については、石巻赤十字病院の医師で災害医療コーディネーターである石井　正氏が、『東日本大震災　石巻災害医療の全記録』として報告している。同氏が現役の外科医であることにより、問題を即断即決する現場対応能力が充分発揮されたと思った。

翌日午後、多賀城市を訪ねた。ここは随分昔、芭蕉の「奥の細道」の俳蹟を訪ねたことがある。芭蕉は、仙台から塩釜にゆく途中の多賀で「壺の碑《いしぶみ》」（多賀城碑）に出会い、「つぼの石ぶみは、むかしよりよみ置《おけ》る歌枕、疑なき千歳の記念、羇旅《きりょ》の労をわすれて泪《なみだ》も落るばかり也」と感激した。多賀城は陸奥国の国府や鎮守府として機能したが、八六九年に例の貞観地震が起こり、その後次第に崩壊していった。

多賀城市では、わずかの海抜の差で、津波の被害を受けた家屋とそうでない家屋がはっきり分かれていた

多賀城市は、海岸に面して、低地と高台が複雑に入り混じっており、わずかな海抜の差で津波を免れた家屋と津波にそのまま持っていかれて家屋の跡がはっきりしている。ほんの数mの土地の高さが、生死の分かれ目であった。海岸部は陥没し、堤防の破壊された箇所は石を積んで仮補修してあり、元の堤防との境がはっきりしていた。

仙台の学会で、広大医学部から震災後の福島大学医学部の放射線被爆障害の研究講座の教授として赴任したS先生に会った。幸か不幸か、福島県では被曝量が非常に少なく、放射線障害のデータの出しようがないと悩んでいた。

石巻のタクシーの運転手は、北九州市民がガレキ処理に反対したことを、複雑な気持ちで語っていた。多くの自治体は、それぞれの事情から、ガレキ処理を断っているが、HIROSHIMAにはなんとか対処してほしいと思った。

東日本大震災から一〇〇〇日——石巻再訪

今年（二〇一三年）の一二月四日で、東日本大震災から一〇〇〇日目だそうである。一一月下旬に仙台で人類遺伝学会があり、帰りに石巻市を訪れた。前節に「東日本大震災から一年半」と題して報告したが、今回はその続きである。

仙石線の海岸沿い区間の津波被害についてはすでに書いたが、まだ松島海岸駅から矢本まではバスの代行である。電車は先の高城駅まで行くが、同駅のバス停留所が駅前から離れているため、代行バスの乗り換えは松島海岸駅からになる。これが問題で、電車でわずかの距離をバスで四〇～五〇分かかる。仙台からの乗車客の多くは松島海岸駅で降りる松島観光の客で、この観光地で代行バスが交通渋滞に巻き込まれるためである。

ＪＲ東日本ＨＰでは、被害が大きかった陸前大塚駅―陸前小野駅間は、この区間の線路を内陸側に移設し、二〇一五年度中には全線復旧するとしている。タクシーの運転手の話では、人手不足で工事の発破が進まず、いつ開通するか分からないとのことであった。

宮城県の公共事業の入札の不成立の割合は、二四％だそうだ。現在東北の震災復興に当たっては、入札企業とその企業の人手の両者の不足が挙げられている。国の税金なので、行政は震災肥りや賃金上昇がないように監督しているとのことであったが、国民の一人としては複雑な気持ちである。

震災後、松島の海岸沿いの大きなホテルは、二階まで広い緩やかなスロープを造成し、二階をエントランスホールにしていた。が、小さなホテルはそうもいかないようであった。

バスそして電車と石巻に近づくにつれて、道路や線路の海岸側は稲の刈田が消えて行き、雑草が生い茂る荒地となってきた。震災からいまだ農地は回復していなかった。石巻駅に着くと、今回は芭蕉に見習って、石巻を鳥瞰すべく、まず日和山公園に登った。

芭蕉は奥の細道の旅で、仙台から塩竃に行き、そこから船で松島を訪れた。「松島の月先ず心にかかりて」と江戸を出立した目的の一つを果すと、松島からは平泉を目

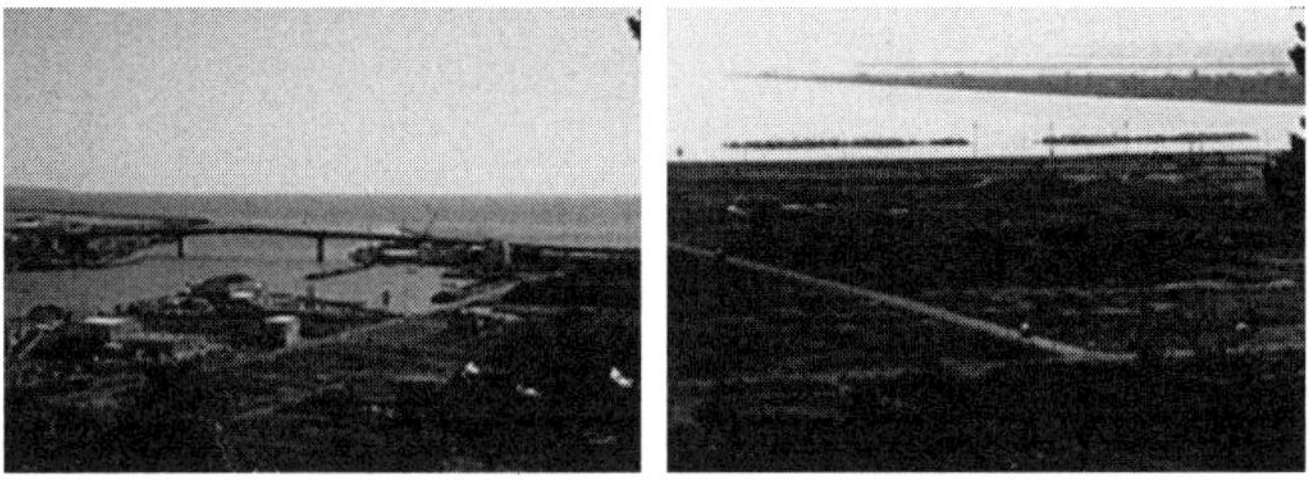

筆者が訪れた翌日に Caroline Kennedy 米国駐日大使も眺めた日和山からの沿岸地域風景

指して進んだが、「終《つい》に路《みち》を踏みたがえて、石の巻といふ湊《みなと》にいづ」と記している。石巻で、芭蕉は北上川とその湾口を見下ろす日和山に登った。そこでは「数百の廻船入江につどひ、人家地をあらそいて竈《かまど》の煙たちつゞけたり」と、その繁栄ぶりに驚いている。ちなみにこの山には、旅を行く芭蕉と曽良の師弟像が建立されていた。

日和山から見渡すと、海岸に面した広い地域で、昨年の今頃はまだ残っていた津波被害の建物が、今はすべて取り壊され撤去されていた。また、ガレキは九〇％以上処理され、ガレキの山も見当たらない。大きな廃車の山もなくなっていた。ある意味一層荒涼たる景色であった。

港の方面に見えるのは、震災後建った仮設の水産関係の建物ばかりである。芭蕉が見た数百の千石船の景色とは程遠く、船がほとんど見当たらない。かつては北上川流域の物資は石巻に運ばれ、ここから江戸に運ばれていった。また、密集した人家から竈の煙が立つどころか、更地に所々工場などが見られるだけである。

湾口から北上川の上流に眼を移してみると、河口近くの川岸や中洲の建物が消えてなくなっていたが、復興住宅は見かけない。

この公園の各方面の手すりに、この山からの震災前の写真が下げてあり、現在と比較できるようになっていた。日和山には、震災見学ツアーの団体なども訪れ、震災の「語り部」が町を見下ろしながら、震災当時の体験を説明していた。

広島に帰って後日のテレビニュースの画面で、新任米国駐日大使の Caroline Kennedy 氏が、日和山公園の同じ場所で、石巻を展望視察しているのを観た。氏はこの景色をどのように感じられたのであろうか。

復興は、民間人レベルの願いとは別に、あまりに遅々としているように思えた。

広島と福島――フクシマの医師からの手紙（前）

今年（二〇一四年）になり私の勤務している病院外来で、電離放射線健康診断を受ける方が多くなってきた。福島県で土木建築作業などの復興事業に携わる方々である。中年の方が多く、広島での土木関係に携わってきた人々である。私は原子力発電所から遠く離れた場所では放射能は問題はないと彼らに話したが、実際には、行ってみるまで働く場所や期間が分からないという人が多い。

福島といえば、今年（二〇一四年）四月一日に、福島第一原発事故により福島県の一一市町村に出されている避難指示のうち、田村市都路《みやこじ》地区の避難指示が解除された。同地区は平成二三年四月「警戒区域」に指定され立ち入りが禁じられ、翌年「避難指示解除準備区域」に再編された。政府は放射線量が下がったとして、原発から二〇㎞圏の旧警戒区域では初めて、避難指示の解除を決めた。

この都路地区を含む**田村医師会**の**石塚尋朗会長**は、私とは米国内科学会（ACP）会員の知友である。今回、広島医学「第五四回原子爆弾後障害研究会特集号」（Vol64. No4. 二〇一四）には労作論文が多く何かのお役に立てばと思い、一部送付した。同会長より「原発隣接地域の医師会活動」についてのお手紙をいただいたので、許可をいただき、以下に紹介させていただく。

「田村市、三春町、小野町を管区とする田村医師会は福島県阿武隈高原に位置し、福島第一原子力発電所がある相双地区に隣接している。

平成二三年三月一一日の地震に続く原発事故により一二日の夜から着の身着のまま避難してきた相双地区の人々が到着し始め、田村医師会管区に設営された避難所は三七ヵ所に及び、避難者は多いときで六万名を超えた。

地域内の病院、診療所は、診察歴がなく薬手帳を持たない人々の対応に追われたが、早くから活動を開始していただいた広島県およびそのほかの全国各地からの医療チームの先生方の協力下、田村医師会の医師たちは昼夜を問わず、無休で地域内の避難所の巡回診療に着手、従事した。

田村地域の医師数は五五名、人口一〇万人対七二・四、一〇㎢あたりの医師数〇・八四という医療過疎地域である。さらに医師の年齢構成をみると、六〇歳以上の医師が医師会員の六〇％近くを占め、また多くの若手医師が郡山市から通勤していることもあり、夜間には、田村地域は益々医療過疎地帯となる。そんな状況下での巡回診療、医師会の先生方の滅私の働きに今でも頭が下がる思いである。

当医師会は平成二一年に地域医療問題協議会を立ち上げ、その協議の中から、災害時の医師会活動の拠点ともなる夜間診療所の開設を県、自治体に要望していたが、その主張は受け入れられていなかった。原発事故当時の夜間対応を評価していただいたせいか、原発事故翌年の平成二四年には要請が受け入れられ、福島県、日本医師会、福島県医師会の強力なbackupのもと、平成二六年四月一日に田村地方夜間診療所が開設の運びとなった。

大震災から三年余という年月が流れても、原発の事故処理はその長い過程の出発点についたばかりである。」

私事で恐縮だが、福島には思い出がある。

江戸深川を発ち、茨城、栃木と奥州への歌枕を尋ねての旅を続け、江戸出発の二三日目に福島と茨城の県境にある「白河の関」の跡にたどり着いた芭蕉は、

「心もとなき日数重なるままに、白河の関にかかりて、旅ごころ定まりぬ。

『いかで都へ（何とかして都に知らせたい）』と、たより求めしも、ことわりなり」

白河関には一面に片栗の花が咲き、その中に「奥の細道白河の関」の碑が建っていた

と書き、いよいよ奥州に入ったことで、気分を新たにする。

この後、須賀川に七泊し、以後、福島市に泊まり文字摺石《もじずりいし》、さらに医王寺を尋ね飯坂温泉で粗末な宿に泊まり、仙台へと向かった。

私は随分昔に、学会で三回ほど福島を訪れ、その折りにこれらの芭蕉の足跡を訪れ、芭蕉の時代の風情・風雅を肌で感じることができたような気がした。殊に上記白河の関は中古の風が吹いていた。あの頃の福島はいつもどるのであろうか。

広島と福島——フクシマの医師からの手紙（後）

白河厚生総合病院第三内科兼双葉厚生病院の**草野良郎医師**は「福島第一原子力発電所事故による双葉厚生病院の全員避難の経過と問題点」（日本内科学会雑誌）で、福島第一原発から三・九㎞にある双葉厚生病院の被災・避難の経過について報告された。同医師よりお手紙をいただいたので、許可を得てここに紹介させていただきたい。

「平成二三年三月一一日の東日本大震災から三年三ヵ月が経過しました。私は昭和六三年から二二年間原発から三・七㎞の距離のＪＡ福島厚生連双葉厚生病院内科に勤務しておりました。原発が水素爆発した三月一二日に病院全員避難となり入院患者を他院に転院させた後、四月末から福島県白河市のＪＡ福島厚生連白河厚生総合病院に勤務しております。

避難当初、一年程度で帰れるという甘い気楽な気持ちで白河厚生総合病院に勤務しましたが、政府により原発事故直後放射能汚染のため福島第一原発を中心に警戒区域が設定されました。平成二四年には警戒区域は空間放射線量によって年間五〇mSv以上は帰還困難地域、二〇～五〇mSvは居住制限地域、二〇mSv以下は避難指示準備地域と再編されました。

帰還困難地域は五年以上帰れないとされた地域です。双葉町は帰還困難地域に設定されたため月一回の一時帰宅以外は自宅に行くことはできなくなりました。また五年後に帰還できるのかも不明な状態で、双葉厚生病院の再開も絶望的な状況です。

政府は帰還困難地域を三年間放置し、平成二六年六月に環境省は双葉町で行った除染モデル事業の結果を報告しました。双葉厚生病院も試験除染が行われ建物の空間放射線量は一〇・二六μSv/hから三・〇一μSv/hに七一％低減しました。放射能の高い地域ほど除染の効果が高い結果でした。試験除染の結果から帰還困難地域でも除染により空間放射線量を年間二〇mSv以下にすることは可能と考えられます。政府は帰還困難地域を放置せず除染すべきでした。

また最近の福島県の放射能レベルは低下してきていて、私が一時帰宅した際に個人線量計で測定した被爆線量は五時間で一〇μSvで、年間に計算すると一八mSv程度です。私個人はこの被爆量であれば帰還が許されれば帰還します。

避難住民に対しては居住していた期間や年齢を問わずに一人月一〇万円の賠償金が支払われています。二歳の幼児でも五〇歳の大人でも同額です。また土地建物などの不動産も固定資産税から算定した価格が賠償されました。また所得減少分も補償されていますがこれは二〇一五年二月に打ち切られる予定です。帰還困難地域の住民のみは避難の長期化に対して今後一人七〇〇万円が追加賠償される予定です。従って原発避難民は経済的には賠償はされています。

最近双葉、大熊町の福島第一原発の周囲に中間貯蔵施設を建設する計画が明らかになりました。各地で住民説明会が行われました。私も六月の一時帰宅の際に用地を見てきましたが第一原発を取り囲む広大な土地です。

政府は土地を買い上げ国有化し、福島県内の除染廃棄物をすべてこの場所に運び込む計画です。中間と言っておりますがこの広大な敷地をみますと最終貯蔵施設になることは明らかです。さらに各地の原発が再稼働した際の放射能物質の最終処分地になる可能性さえあります。

私の自宅のすぐ近くまで用地が計画されており、中間貯蔵施設建設が決定されれば私は双葉町への帰還を断念すると思います。私と同じ気持ちの住人は多いと思います。この施設の受け入れは双葉、大熊町への帰還住民の減少を招き両町の存在も危うくす

白河市の白河関跡

るため私は反対です。

政府は原発周辺の住民を強制的に避難させています。帰還困難地域に長く住み続けていた地域に愛着のある住民ほど辛い気持ちでいます。賠償はされていますが、故郷と住み慣れた自宅を追われ、就業先も失い、今後の生活再建の見通しも立ちません。」

双葉町が、前回奥の細道の挿話で紹介した白川関の跡のようにならないことを、私は祈るばかりである。

3

先人を想う

広島でのシーボルト

広島医師会館の二階にあった呉秀三先生の大著『シーボルト先生　其生涯及業績』は、二葉の里の新館二階に移っている。これは大正一五年出版の第二版であろう。ここで、シーボルトが広島に立ち寄ったときのことを紹介してみたい。

シーボルトの江戸参府

シーボルトはドイツ連邦共和国バイエルン州に生まれ、ヴュルツブルク大学で医学を学んだ。博物学に興味を持ち東洋に惹かれた。オランダに行き、オランダ領東インド陸軍医少佐となり、出島駐留医師に任命された。

シーボルトは一八二六年のオランダ商館長の江戸参府に同行した。それは二月に出島を出発し七月に帰着した一四三日の旅であった。

出島から小倉まで陸路で、下関までは舟で渡航し、下関から兵庫を目指して瀬戸内海を渡航した。兵庫県室津から陸路大阪へ行き、京都に滞在したりして、陸路江戸に行き、江戸に滞在した。

帰路は兵庫港発を出て下関に向かった。その途中鞆に入港・上陸した。

鞆の浦上陸記

福禅寺対潮楼

六月二三日の昼頃、シーボルトたちは引舟にひかれて鞆に上陸した。
シーボルトの『江戸参府紀行』には、「正午ごろ上陸。大変きれいな町並で、舟の出入りがあり活気にあふれた町である。たくさんの小売店があるが、大部分は船員用の品物や蓆・綱・帽子・草履などの藁製品である」、「手入れの行き届いた住居は裕福なことを物語っており、住民は数千にのぼるようである。われわれは何軒かの家を訪ねたが、心から迎えてくれた」と町の賑わいと裕福さをたたえている。

「ある寺へも行ったが、その場所は美しさと開けた眺望で有名であったし、また遭難して日本の海岸に吹き流された朝鮮人が滞在していた所としても少なからず有名であった」とあり、朝鮮人が朝鮮通信使のことなら福禅寺の対潮楼である可能性が高い。

さらに、医王寺を訪れ、「町の郊外にある医王寺にでかけた。数百フィートの険しい山を登ると、その山の背に寺がある。この山の植物群は…」と植物の観察を記録している。

医王寺

「夕方船にもどり、夜半に三〇隻の引舟で」翌午前三時頃出帆している。

御手洗沖での診察

鞆の浦を出帆し、島から島へ漁舟に引かれて進み、真夜中御手洗の沖に錨を降ろした。その日の記述には、「御手洗の町から数人の患者が来て、私の診療を求める。患者の中には一七歳の少女がいた。母親の申し立てによると、ときどき色情狂の発作を起こした。私は母親に、食事と心理学的な処置と共に、娘をはやく結婚させるように忠告した。この話を娘はうれしそうな笑いを浮かべて聞いていた」とし、さらに日本の婚姻風習に言及している。

シーボルト事件と帰国

シーボルトは江戸滞在中、『大日本沿海輿地全図』の写しを手に入れたり、眼科医に散瞳薬を教えて将軍下賜の小袖をもらったりした。

一八二八年帰国する直前これら禁制品が見つかり、シーボルトは翌年国外追放の処分を受けて長崎を出帆した。

日本研究の大量の資料を携え帰国したシーボルトは、オランダ政府から爵位を与えられた。膨大な資料はライデンの日本博物館に収め、持ち帰った植物で日本植物園を造った。

オランダのライデン訪問

筆者は二〇〇〇年に学会でライデンに立ち寄った。その年は、一六〇〇年リーフデ号が豊後国に漂着してから四〇〇年にあたり、ライデン国立民族博物館では、

「Holland, Japan & De Liefde」を催していた。

展示品中に、シーボルトが鞆の浦から持ち帰った「備後鞆土産小松寺庭之図」の版画は見つけることができなかった。

ライデン大学のフォン・シーボルト記念庭園では、四阿風の建物の奥に緑青が付着したシーボルトの胸像が建立されていた。

その像を囲んで、シーボルトが愛した紫陽花が一斉に咲いていた。彼は日本人妻お滝の名前をとって紫陽花を「オタキグサ」と名付けた。

ライデン大学のシーボルト胸像

晩年シーボルトは故郷バイエルンに帰り、最期に「美しい平和の国に行く」と言い残して、七〇歳の生涯を終えた。

京の吉益東洞

この春（二〇一五年）、京都で日本医学会総会が開催された。開会式では、皇太子殿下のお言葉に続いて、山中伸弥教授の開会講演があり、ビデオ中継会場をいくつも設置するほど大盛況であった。

日経メディカル学会特別号に京都医学史散歩として「吉益東洞の墓」も掲載されていたので、東洞ゆかりの地を会期の合間に訪ねた。

吉益東洞のこと

吉益東洞は、元禄一五年（一七〇二年）に安芸国山口町（広島市中区橋本町付近）に生まれ、安永二年（一七七三年）に京都で没した。『東洞先生行状記』によれば、東洞は室町幕府の紀州を治める「管領、畠山政長の裔孫なり」とあり、その家格が東洞の生涯を貫く矜持と上昇志向を支えた。

　豊臣秀吉により紀州畠山氏は滅ぼされ、その後に紀州に封ぜられた浅野家が安芸に転封させられ、畠山一族も安芸に移った。浅野家には仕えず、医をもって業とした。東洞は一九歳より金瘡医（刀傷の治療をする外科）と産科を学んだ。

　三七歳のとき、家族を連れて上京したが、医業は振るわず、借家住まいで貧困極まり人形造りの内職をしていた。四四歳のとき、ある商人の病気の老母に処方されていた薬を正したところ、それを処方した宮廷侍医山脇東洋は後日東洞に会い、東洞の処方を称揚し世に顕した。その後、東洞の医業は大いに繁盛し、大名からも往診を依頼されるようになった。

　東洞の著作は膨大であるが、その医論の基本骨格は、
1. 思弁・憶測を持たずに、観察を根拠とした、患者を治す「疾医《しつい》」でなければならない。
2. 思弁・憶測・修飾のない上古の医師から学ぶべきである（古医方）。
3. 全ての病気は一つの毒によって起こり、それを薬という毒で排除する（万病一毒）。
4. 方剤はそれが相対する毒の形（証）に合わせて投与するべきである（方証相対）。

5．漢方方剤は、臨床の場で親しく実際に効果を検証しなければならない（親試実験）。

等々である（寺澤捷年「吉益東洞の研究　日本漢方創造の思想」による）。

吉益東洞宅地跡

吉益東洞宅地跡は、地下鉄烏丸線の丸太町駅から歩いて五分の東洞院通竹屋町下るの竹間公園内にあった。東洞は、三七歳で上京したとき、一族の先祖の金瘡医吉益半笑斎に因んでか、畠山の姓を吉益に変えている。初め東庵と称していたが、四五歳のとき、京のこの東洞院通に移り東洞と名乗った。

吉益東洞宅地跡

公園は明治創立の竹間小学校・竹間幼稚園の跡地で、グラウンドを囲む金網に接する小さな花壇の中に、下の方は花の丈に埋まっている小さな碑があった。黒く変色した碑

吉益東洞の墓

面に「名醫　吉益　東洞宅蹟《あと》」の文字が読めた。高さ一m足らずの小さな碑柱であった。

吉益東洞東堂の墓

学会帰りに、京都駅からJR奈良線で次駅の東福寺で降り、東福寺に沿ってずっと南に下ると、その南端に荘厳院があった。両開きの正門の前に、「吉益東洞先生墓　在宮」と石柱が建っていた。寺の正門が閉まっていたので、そばのくぐり戸から中に入ると、幼稚園として使用している庭があった。こじんまりとした堂の右手裏が開けており、裏の竹林を背景に、「東洞吉益先生之墓」の墓石があった。その墓石の両横に、東洞の子吉益南涯、東洞の弟子の中西深斎、鷹山父子の墓などがあった。

山脇東洋解剖の地

山脇東洋は、丹波国の医家の生まれで、東洞の三歳年下であり、ともに古医方を奉じていた。

東洋は陰陽五行説に基づく人体の内景に疑問を抱き、宝暦四年（一七五四年）、京都所司代の許可を得て、六角通の京都町奉行所に付属した六角屋敷刑場で斬首された男性の死体を解剖、観察を行った。宝暦九年（一七五九年）にはその成果を解剖図録『蔵志』として刊行した。

山脇東洋解剖の地

地下鉄烏丸御池駅からタクシーで一〇分程度の、中京区六角通神泉苑西入南側の通りのマンション風建物の塀の下方に小さな石碑があった。「日本近代医学発祥之地」とあるのが六角獄舎跡であり、そこの門から敷地に入るとすぐ左手に、昭和五一年に日本医師会などにより建立された「山脇東洋観臓之地」の碑があった。

長州藩医　青木周弼のこと

広島市から遠くない山口県周防大島で、観光地図に青木周弼《しゅうすけ》生誕の地を見つけた。その地は瀬戸内海を見下ろすミカン畑にあった。ミカンの木に隠れるようにして、かつての青木家の井戸だけが残っており、そこに「青木周弼　研蔵生誕地」の石柱があった。

私の周りの山口県や山口大出身の医師が青木周弼のことを知らなかったので、幕末蘭学医で緒方洪庵と並び称された青木周弼について紹介したい。

周弼は、一八〇三年に同地の地下医青木玄棟の長男に生まれた。長州藩の医師は、藩医、町医、地方の地下医に区別され、地下医の父親は、周弼と弟の研蔵に医術習得を望んだ。

周弼は一二歳のとき、父が学んだ三田尻（防府市）の藩医能美友庵、洞庵父子の学僕となり漢方医学を六年間学んだ。

蘭学修行時代

一八二〇年頃から約六年間大阪に遊学した。大阪では、恩師友庵の弟子で、江戸で蘭学を学び、大阪で開業して藍塾を開いていた斎藤方策に学んだ可能性が強い。周弼はそこで蘭学の基礎を学んだと思える。

一八三一年頃、友庵の紹介により江戸の坪井信道の「安懐堂」で約三年間学んだ。

青木周弼生誕の地

この信道は、蘭学医を志して広島蘭学の祖である中井厚沢に学び、その後宇田川玄真《げんしん》の門に入り、『診断大概』を刊行し、西洋流診断学を日本に紹介した。

その信道は江戸深川で診療を始め、上記蘭学塾を開いた。周弼はそこでオランダ語、自然科学、医学などを学んだ。

その後周弼は、薬品のことを勉強するために、同門の緒方洪庵とともに、上記玄真のもとに通った。

宇田川玄真は、杉田玄白とその弟子大槻玄沢に学び、医学のみならず、日本の自然科学の分野の基礎を築いた。その翻訳書『和蘭内景医範提綱』は代表的解剖学書とされ、分泌器官の「腺」や膵臓の「膵」の字などを造語した。

一八三七年周弼は、弟研蔵などと長崎に一年間遊学した。長崎に来ていた緒方洪庵らと「ベルギー薬局による薬局方」を『袖珍内外方叢《しゅうちんないげほうそう》』という名前で翻訳した。

萩医学校（好生館）での業績

一八三九年、周弼は西洋医として初めて一代藩医に登庸された。また、新設された萩藩医学校の会頭役に任じられた。医学校は後に好生館（好生堂）として竣工された。周弼は、漢方医学過程と西洋医学過程のある「医学所規則」を創案した。

一八四九年に、長崎のオランダ商館医が天然痘の牛痘接種に成功した情報を受けた。周弼は弟研蔵を長崎・佐賀に派遣し、牛痘接種法を学ばせ牛痘種を譲渡してもらった。周弼は、自分の子供への牛痘接種が成功したため、藩に近代的な種痘実地要綱を提出し、萩で種痘を行った。

さらに、藩内全域で種痘を実地するよう藩に上申して、藩内全域ですべての身分の

青木周弼、周蔵、研蔵の旧宅地

萩好生館の跡

者に実地することとなり、幕末までに長州藩では三〇万の子供が種痘を受けた。

一八六三年に、好生館の教諭役に就き、医学校の改正規則案を起草し、建言書を提出した。その年周弼は、萩の自宅で六一歳の生を終えた。

周弼は漢方医学主流の藩医の世襲制を崩し、西洋医学の門戸を開放しようとした。

青木研蔵と周蔵

萩の青木周弼旧宅の前の石柱には「青木周弼　青木研蔵　青木周蔵旧宅地」と三人の名前が刻してある。

一二歳年下の弟研蔵は、兄とともに藩内で種痘やコレラ治療に貢献した。兄没後、好生館館長として西洋医学の発展に尽くした。藩主毛利敬親の侍医になり、最後は明治天皇の大典医となった。

青木周蔵は長門国の村医の長男で、研蔵の養子となり、二人の名を取り青木周蔵と改名した。周蔵は、ドイツに留学して、医学から政治に転身した。外務省に入省し、駐独公使を経て、明治政府の外相などを歴任した。

どの県にも、偉大な先達医師がおり、先人の人格・業績を知り、自らの励みとすることは大切なことであろう。

東京メトロ『解体新書』巡礼

『解体新書』は『ターヘル・アナトミア』と俗称されたドイツ人クルムスの解剖書の蘭訳本（一七三四年刊）を日本語訳したものである。

昨年（二〇一六年）、西村書店から『解体新書』の復刻版が出版された。華岡青洲の門人だった岩瀬家に伝わる初版を復刻したもので、定価も廉価である。本文は漢文で判読困難だが、小田野直武が画いた解剖図を観るのは楽しい。それらの史跡は**全て東京メトロの駅から徒歩五分以内**のところに位置している。

小塚原《こづかっぱら》回向院《えこういん》の「観臓記念碑」

日比谷線南千住駅の南口すぐ前が、荒川区南千住の**小塚原回向院**である。三階建て寺院の一階が筒抜けの山門になっており、右側のタイルの壁に記念碑が架かっている。

荒川区南千住駅前の小塚原回向院の「観臓記念碑」

日本医学会総会は、昭和三四年第一五回総会の機会に、この小塚原回向院と築地の旧中津藩屋敷跡に記念碑を建造した。

記念碑には右に『解体新書』の扉絵が青銅版に浮彫してあり、真ん中には『解体新書』の代わりに「**観臓記念碑**」の文字が刻してある。その碑文は以下のようである。

「**蘭学を生んだ解体の記念に**

一七七一年・明和八年三月四日に杉田玄白・前野良沢・中川淳庵等がここへ腑分を見に来た。それまでにも解体を見た人はあったが、玄白等はオランダ語の解剖書ターヘル・アナトミアを持って来て、その図を実物とひきくらべ、その正確なのにおどろいた。

その帰りみち三人は発憤してこの本を日本の医者のために訳そうと決心し、さっそくあくる日からとりかかった」以下略

「蘭学の泉はここに」の碑

日比谷線築地駅からすぐの中央区明石町の**聖路加国際病院前**の安全地帯にある記念碑で、豊前《ぶぜん》中津藩主奥平《おくだいら》邸の前野良沢の役宅が同院内にあったのを記念して建立された。

中央区明石町聖路加国際病院の前の「蘭学の泉はここに」の碑

碑は茶と黒の御影石の厚板を屏風に見立てた大きなもので、右の茶石には、『解体新書』の「形體名目篇図」の女性の「背」の人体図が刻してある。左の黒石の文字の判読は困難である。緒方富雄校注の『蘭学事始』によれば、文には次のことが記してあるそうである。

「蘭学の泉はここに
一七七一年・明和八年三月五日に杉田玄白と中川淳庵とが前野良沢の宅にあつまった。
良沢の宅はこの近くの鉄砲州の豊前中津藩主奥平の屋敷内にあった。
三人はきのう千住骨が原で解体を見たとき、オランダ語の解剖書ターヘル・アナトミアの図とひきくらべてその正確なのにおどろき、発憤してさっそくきょう

からこの本を訳しはじめようと決心したのである。
ところがそのつもりになってターヘル・アナトミアを見ると、オランダ語をすこしは知っている良沢にも、どう訳していいのかまったく見当がつかない……いろいろ苦心のすえ、ついに一七七四年・安永三年八月に解体新書五巻をつくりあげた……これから蘭学がさかんになった」以下略

杉田玄白の墓

日比谷線神谷町駅から愛宕神社方面に歩くと、港区虎ノ門の**浄土宗榮閑院**に着く。寺の玄白の墓石には「**九幸杉田先生之墓**」とある。九幸は晩年玄白が用いた号で、自分の成功の人生には九つの幸運があったとした。

クルムス解剖書の翻訳を始めたとき、良沢は四九歳、玄白は三九歳であった。語学力のない玄白は翻訳作業では、「天然の奇士」で偏狭な良沢を「盟主」として立てた。月に六、七回良沢宅に集まり、会合で解釈できた分はその夜翻訳して玄白が草稿にした。

玄白は『蘭学事始』で、「医たるものまず先ず第一に、臓腑内景諸器の本然《ほんぜん》官能を知らずして済まず……この志ゆゑ」正確さよりも大筋を早く医師に知らせることを第

一義としたと述べている。

玄白は優れたオーガナイザーで、政治的配慮ができる男であった。

『解体新書』出版一年前に、『解体約図』という五枚の予告書を出版した。幕府の咎《とが》めもなく医師達の評判も良かったので、翌年本書を出版した。その際、桂川甫周《かつらがわほしゅう》の父で法眼の甫三《ほさん》に頼み、将軍家治と老中五人に本を献上した。また京の公家御三家にも進献した。

港区虎ノ門の榮閑院内の杉田玄白の墓

前野良沢の墓

丸の内線新高円寺駅を降りて南に数分で、杉並区梅里にある**慶安寺**《けいあんじ》に着く。墓地の中の緑の生垣で囲った一画に「前野家之墓」が数基並んでおり、真ん中に小さな墓石がある。

碑面右は前野良沢の「**楽山堂蘭化**《らんか》**天風居士**《こじ》」、真ん中は妻珉子《びんこ》の「静壽院蘭室妙桂《せいじゅいんらんしつみょうけい》大姉《だいし》」、左は息子の達《たつ》の「葆光堂蘭渓天秀《ほうこうどうらんけいてしゅう》

杉並区梅里にある慶安寺の前野良沢とその妻と息子の墓石

居士《こじ》」の戒名が並んでいる。楽山堂は良沢の号で、蘭化は良沢を保護した藩主奥平昌鹿《おくだいらまさか》が、良沢を「和蘭人《おらんだじん》の化物《ばけもの》なり」と戯れに呼んだことからつけた号である。良沢は六九歳のとき、藩医であった息子を、翌年は妻をも亡くした。

良沢は奥平侯に仕える中津藩医となり、江戸で青木昆陽の元でオランダ語を学んだ。その後、藩主から長崎遊学を許され、紅毛訳官吉雄《よしお》永章（耕牛）に師事した。

『解体新書』の著者に良沢の名前はないが、吉雄永章の序文には、

「杉田玄白君なるもの有り。その著《あらわ》すところの『解体新書』を出《いだ》して、曰く、『翼《よく》（玄白の本名）良沢氏に従ひて、遥かに辱《かたじけな》くも先生の余教を承《う》く』」、「前野良沢君なる者、余を長崎に問ふ……これを学ぶや、勉学に勤めてやまず、日の暮れるまで倦むまず。余蓄《たくわ》えしところを尽くして前野君に伝ふ」

とあり、実質的な翻訳者は良沢であったことが窺える。完璧主義者の良沢は『解体

新書』の翻訳が不備であることを良しとせず、名前の掲載を固辞したといわれる。

桂川甫周屋敷跡

『蘭学事始』には、「桂川君はさしてこれという目当《めあて》てとては見えねども……ただ何となくこの事を好み給ひ……会毎《ごと》に来り給ひてこの挙に加わり給へり」とある。

日比谷線東銀座駅で降りて、中央区築地の三菱東京ＵＦＪ銀行の前に「**桂川甫周屋敷跡**」の説明版がある。板には下記の説明があった。

「**蘭方医桂川家は、初代甫築《ほちく》（一六六一～一七四七）が六代将軍徳川家宣に仕えて以来、代々幕府の奥医師をつとめ、多くが法眼《ほうげん》に叙せられています。……（中略）**

四代甫周（一七五四?～一八〇九）は、名を国瑞《くにあきら》といい、桂川家歴代のなかでも特に広く知られています。杉田玄白や前野良沢らに蘭学を学び、若くして『解体新書』の翻訳事業に参加しました。また、寛政六年（一七九四年）には幕府医学館教授と

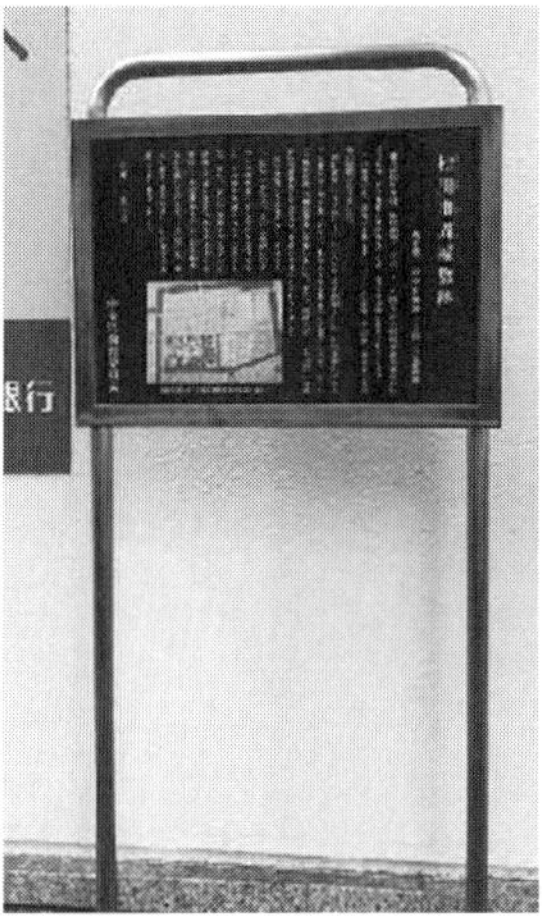

中央区築地の三菱東京UFJ銀行前の「桂川甫周屋敷跡」の説明版

なるなど、幕府にも重んじられていました」以下略

玄白は八五歳、良沢は八一歳と共に長命であった。玄白は『解体新書』出版後、私塾で多くの逸材を輩出した。医師としての栄達も成し遂げ、最後には将軍の謁見まで得た。

他方、良沢は弟子も避け、オランダ語の各種学術書の翻訳、さらにフランス語やラテン語の翻訳までしたが、出版することはなく写本が残っているだけである。

玄白自身は『蘭学事始』で、

「**世に良沢という人なくばこの道開くべからず。且翁（玄白）が如き素意大略の人なくば、この道かく速かには開くべからず。これまた天助なるべし**」

としている。天の配置により資質が全く異なる二人が出会い偉業が成し遂げられた。

『解体新書』の解剖図を描いた男

近代医学は、解剖学者ヴェサリウスの「人体の構造について De Humani Corporis Fabrica」の出版によって開かれた。彼は人体解剖の観察所見を画家Jan Stephan van Kalkarに描写させ、精緻で美麗な図に仕上げた。その版刻や印刷には精巧な技術を駆使した。この本の価値は何よりもその解剖図の精緻さにある。

わが国の解剖学書『解体新書』もその解剖図ゆえに価値を成している。それらの図は稀有な絵画の才能を持ち夭折した男によって描かれた。

小田野直武《おだのなおたけ》（一七四九―八〇年）は秋田藩角館に生まれた。幼少より絵を好み狩野派を学び、その絵の才能により、秋田藩主の知遇を得た。

当時秋田藩は阿仁銅山《あにどうざん》の増産と銀絞りのために、平賀源内を招聘した。源内が角館に宿泊した際、宿の屏風絵を見てそれを画いた直武を呼び出し、江戸で洋画を修業す

東京都中央区日本橋室町のJR新日本橋駅入り口にある長崎屋の跡を示す説明版

平賀源内による日本最初の西洋画の切手（2003年）

ることを勧めた。直武は藩主より、「源内手」の「産物他所取次役」を拝命し、三ヵ年江戸神田大和町の源内宅に寄寓し絵画修業をした。源内は日本最初の西洋絵画を画いており、その技法を直武に伝えた。その後、藩主の「御側小姓並」に取り立てられ、さらに二年間江戸で絵画制作に専念した。

杉田玄白の『蘭学事始』には、「平賀源内といふ浪人者あり。この男、業は本草家にて生れ得て理にさとく、敏才にしてよく時の人気に叶ひし生まれなりき」と、長崎屋で会った源内のことを記し、「つねづね平賀源内などと出会いし時に語り合ひしは…かの図書を和解《わげ》し見るならば、格別の利益を得ることは必せり」と、洋書の翻訳の必要性を述べている。

長崎屋は長崎のオランダ商館長一行の年一回の江戸参府時の定宿で、杉田玄白、中川淳庵、桂川甫周、平賀源内などが長崎屋を訪れ西洋文化を吸収しようとした。

直武の江戸勤めの頃、『ターヘル・アナトミア（クルムス解剖書）』の翻訳作業がほぼ終わり、図版印刷のために図を写し取る必要があった。その画家を探していた玄白らに、源内は直武を紹介した。直武は半年で解剖図の模写を完成したようだ。

『解体新書』は序図譜一巻と本文四巻とからなる。図譜の跋文で直武は、「わが友人杉田玄白訳するところの解体新書成れり、予をしてこれが図を写さしむ。それ、紅毛の画や、至れるかな。予のごとき不佞《ふねい》（才能のない）の者の、敢へて企て及ぶところにあらず。…東羽秋田藩　小田野直武」（原文漢文）と、謙遜している。

クルムス解剖書以外にも五洋書の解剖図が採用され、それぞれの図に記号がふってあり、原書が分かるようにしてある。良く知られている解体新書の扉絵は、スペインの解剖学者ワレルダの著書の扉絵を模したものである。

直武にとって解剖図を描くことは、西洋画デッサンの勉強にもなり、本格的に西洋画にのめりこむ動機にもなったであろう。

直武の代表作『不忍池図』は、上野の不忍池での写生である。この絵は西洋の写生と東洋画細密描写を融合させたものとされているが、現代からみても、シュールな絵である。以前、オランダのアムステルダムの国立ミュージアムで、オランダ絵画展を堪能したことがある。直武の『富岳図』『洋人調馬』などは、オランダ絵画に通じるものがある。

一七七九年に源内が殺人事件を起こし投獄された。直後に直武は職を免ぜられ、角館に蟄居させられた。藩がかかわりあいになるのを恐れての処置と推測されている。直武は翌年に三二歳で早死した。死因は諸説あるも不明である。

小田野直武の『東叡山不忍池』
（秋田県立近代美術館所蔵）

秋田県角館町の武家屋敷通りの小田野直武の旧居の通りとその屋敷跡の碑

私が角館の武家屋敷を訪れたときは、桜が満開で、武家屋敷通りは黒板塀越しに桜が枝垂れて花びらが舞い、観光客で溢れていた。

本通りから離れた通りにひっそりと「小田野直武宅跡」石碑があった。小田野直武は日本のフェルメールかもしれない。

日野原重明先生へのオード

聖路加国際病院名誉院長の日野原重明先生が、本年（二〇一七年）七月一八日に一〇五歳で旅立たれた。

先生の聖路加国際病院名誉院長から始まる多くの肩書に加え、文化勲章をはじめ数々の受賞、膨大な著書と医学論文は、その超人活動の証である。超高齢の先生の活躍は、私たち老年の内科医には、大きな励みになっていた。

内科医の先達として

先生は日本人で初めて国際内科学会会長に就任された。二〇〇二年内科学会創立一〇〇周年の内科学会誌に「内科一〇〇年の変遷」を書かれた。

二〇〇三年の日本医学会総会での「二一世紀の高齢者の生き方――新老人」の講演

2005年米国内科学会日本支部総会で筆者と（横浜、93歳）

2003年日本医学会総会での講演（福岡、91歳）

で、私は初めて先生の話を直接聞いた。

二〇一四年の内科学会総会では「未来の医学の中の内科学の位置づけ」の講演をされた。

二〇一五年の医学会総会の記念講演「日本における高齢化と真の高齢化社会」では、一〇三歳にも関わらず、パワーポイントを使って立って話された。

また、二〇〇五年の米国内科学会（ＡＣＰ）日本支部総会で、ＡＣＰの日本人初期会員として、出席された。私が広島から来たことを告げると、広島を懐かしんでおられた。先生は京大医学部に入学後、肺結核で休学したとき、父君が広島女学院の院長をしていたため院長館で約八ヵ月間安静にしたそうである。

広島での活動

二〇〇五年広島グリーンアリーナでの「日野原重明・小澤征爾『世界へおくる平和のメッセージ』」では、新約聖書ヨハネによる福音書を引用した詩を朗読し、平和を訴えられた。

二〇〇七年には、シュバイツァー博士がラジオ放送で核兵器廃絶を訴えたことを記念した“Reverence for Life, Music for Life”が世界同時開催され、広島エリザベト音楽大学で講演された。

東日本大震災翌年の二〇一二年のアステールプラザでは、逆風の中での心のもちかたの講演をされた。

二〇一二年の広島女学院での「いのちの授業」では、「命とは自分が使える時間のこと。子どもたちには大きくなったら、誰かのために時間を使ってほしい」と訴えた。

先生の師

先生の両親は長州藩士の家系で、共にクリスチャンで、先生も七歳で受洗された。このことが、先生の生涯を決定したようである。

父親は、苦学の末米国留学し、デューク大学を卒業して帰国。その後再び渡米して、ニューヨーク市の神学校で神学を修め、帰国後国内で牧師を勤めた。八〇歳のとき三度目の渡米をし、リッチモンド市の神学校客員教授となり、同地で没された。先生は、この父親から、信仰の心と、実践を貫く力を与えられたと述べている。

先生が医師および教育者として生涯の師としたのは、米国医師ウイリアム・オスラー卿である。終戦後聖路加病院が、米軍病院として接収されたとき、米軍大佐から、オスラーの講演集『平静の心（Aequanimitas）』をプレゼントされ、オスラーが文学的・哲学的資質の豊かな敬虔なクリスチャンで、偉大な医学者であることを知ったという。

戦後先生は、『アメリカ医学の開拓者——オスラー博士の生涯』を出版し、"Medicine is an art based on science"を座右の銘とされた。

先生は、橋本寛敏《ひろとし》聖路加病院長の下で医学教育に関わり始めたという。

かつてインターン制度廃止の学生運動が盛んになったときの厚生省の懇談会で、先生はインターンを有給にして、卒後二年間の研修制度を作ることを主張したという。そのとき、研修医制度の基礎となる法律が作られた。橋本先生は内科学会会長として、アメリカ式の専門医制度の導入を先生に託し、先生は内科専門医立ち上げに関わることになった。

メディカルスクールの夢

先生の心残りの一つは、米国のようにリベラル・アーツ重視の四年制大学を卒業し、共通の医科大学入学試験に合格して四年制のメディカルスクールに進学するという医学部の創設であったろう。そのために一一〇歳まで生きたいと言われていた。

多賀庵風律のこと

昭和五年に多賀庵風律一五〇回忌の和綴じ追善集『かんこ鳥』が広島で出版された。その序文に、広島の医学者富士川游氏は、「風律翁は温雅敦厚の学者にして、名聞利養に汲々たらず…学殖と人格とは…今になお傳はり」と記している。

昭和５年発行の『かんこ鳥』

　風律は元禄一一年（一六九八年）広島城下塩屋町（中区紙屋町）に生まれた。父は木製の塗り物を家業としていた二代目木地屋保兵衛で、風律は三代目を継いだ。若い頃より俳諧を好み、志太野坡《しだやば》が広島に来た折に、広瀬村油池（広島市堺町三丁目南裏）の別邸に招き、何度か俳諧の教えを受けた。

多賀庵のいわれは、芭蕉が奥の細道で訪ねた多賀城跡の多賀城碑（壷《つぼ》の碑《いしぶみ》）に同地から京、蝦夷国、常陸国などへの距離が刻してあるのを模し、庵の庭に安芸の山や厳島までの距離を示した板碑を建てたことによる。多賀庵二世の六合《りくごう》がこれを石に改めて、多賀庵邸内に残されていたが、惜しいことに原爆により消滅した。

多賀庵は代々の庵主に引き継がれ、昭和四五年九世紫明が亡くなるまで、実に二〇〇年間も続いた。九世のご子息は市内に御存命であり、風律の像を蔵しておられる。

芭蕉評価を変えた風律の『こばなし』

風律の師の志太野坡は越前生まれで、江戸に出て三井越後屋の番頭となった。宝井其角《きかく》に俳諧を学び、松尾芭蕉に指導を受けた蕉門十哲の一人で、芭蕉晩年の「軽み」を代表する『炭俵』を編集した。野坡が九州・中国地方に蕉風を広めた功績は大きい。

野坡は大竹市にも何度か滞在し、野坡の死後大竹門人が野坡（浅生庵《あさおあん》）をしのんで建立した「浅生塚」が、同市の薬師寺にある。

風律の『こばなし』という著書に、野坡より聞いた話（浅談）が記してある。明治四五年に国文学者の沼波瓊音《ぬなみけいおん》がこの本に「寿貞は翁の若き時の妾《めかけ》にて、疾《と》く尼となりしなり。浅談」との一文を発見し、「芭蕉に妾あり」と、内縁の妻寿貞の存在を紹介した。この発表は、それまで神格化されていた芭蕉を人間芭蕉として研究する端緒になった。

元禄七年に、江戸での寿貞尼死去の報を京都の落柿舎で受けた芭蕉は深く嘆き、「数ならぬ身となおもいそ玉祭り」の句を捧げた。寿貞の死から四ヵ月後に芭蕉は大阪で客死した。

白山城址の「鶯塚《うぐいすづか》」

東広島市高屋町白市に戦国時代に活躍した平賀弘保が築いた白山城址がある。この南山麓に城主が一五〇五年に光政寺《こうしょうじ》を建立した。

風律一三回忌で芭蕉の一〇〇回忌でもある寛政五年（一七九三年）に風律の白市の弟子たちが、光政寺の南側山麓に、風律の句「鶯やとなりなれともこの地の枝」にちなんで「鶯塚」を建立した。

この寺は平賀一族でこの地の豪商と

東広島市白山城址の鶯塚

なった木原氏の菩提寺であり、享保一九年（一七三四年）に寺の整備を行っているので、蛍塚の建立時はこの寺は再興隆していたのであろう。現在は鶯塚を訪れる人もなく、廃寺のようになっている。

風律の墓

風律の墓は中区猫屋町の教傳寺にあったが、平成二年に西区古田台に同寺が移転し、そのとき風律の墓も移転した。教傳寺の住職よれば、当時風律の墓は被爆したため脆くなっており、移転するかどうか悩んだそうである。

寺に隣接した新しい墓地に、一基だけ古い石塔の風律の墓石がある。墓の二個の台石は黒ずんでいたが、石塔は被爆し白くなったとのことである。

墓碑銘は「風律翁釋氏以心道居士」である。墓石側面には「木地屋彦兵衛　行年八十四」とあり、風律は家業を第一とし、俳諧はその余暇としていたようだ。

江戸時代に芸備地方の庶民文学の隆盛を担った風律を、文化都市広島は多賀庵跡碑を建立するなど再評価すべきであろう。

広島市教傳寺の風律翁墓

4

日々想念

日本人の基層としての縄文人

人間の特性の一つは、自らの出自を問うことであろう。近年のミトコンドリアDNAの塩基置換速度を用いた分子時計によれば、人類の祖先は約五〇〇〇万年前西アフリカにいたGreat Motherと呼ばれる女性から進化し、二〇万年前の共通母系祖先であるミトコンドリア・イブからホモサピエンスが生まれ、アフリカを出て世界の各地域に異動して、それぞれの地域で独自進化をとげたものが現代の各人種であるということになっている。ミトコンドリアDNAの解析から、沖縄人とアイヌは共通の祖先である縄文人の子孫であることが再確認されてきている。

日本の縄文時代というのは一種独特の時代で、このような一つの文化が八千年も続いた例は、世界史上まれである。ほぼ一万年前から日本列島には落葉広葉樹林が拡大し、西からは照葉樹林が広がってきた。

縄文時代は、気候が温暖化して拡大した森林に対応し、採集、狩猟、漁労と豊かな文化を持った。縄文文化は大きく東西に分けられ、東の亜寒帯照葉樹林の貝殻沈線文土器圏と西の落葉広用樹林の押型文土器圏に分けられる。さらに、東の土器文化圏はサケ・マス文化圏と重なる。

ところで、ミトコンドリアDNAで比較した、アイヌ人と沖縄人は、一塩基配列の違いがあり、わずかな違いであるが、これが縄文の東西文化圏の違いと重なりそうである。

私は血液学が専門であり、成人T細胞白血病（ATL）の患者を診る機会が多かった。ATLはHTLV—1ウィルスによって生じるがHTLV—1キャリアーは、沖縄・九州人とアイヌ人に多い。このHTLV—1キャリアーの分布は縄文人の分布と重なり、縄文人を含む古モンゴロイドがアジア大陸から移動してきたものである。これは、ミトコンドリア遺伝子の解析結果と一致する。

HTLV—1キャリアーは、国外では赤道アフリカの黒人とそこから移住したカリブ海・南米の黒人、イラン・ロシア国境の住民、南インド、オーストラリア、パプア・メラネシアの先住民、カナダインディアン、南米アンデス先住民などである。

HTLV—1の亜系の研究から、日本人と同じ亜系は、イラン・ロシア国境人、南米アンデス人、南インド人に見つかっている。このことから、縄文人の祖先は、今から約一万二千年前、当時地続きであったベーリング海峡を渡り南北アメリカを南下し、アメリカ先住民となった南米アンデス人と祖先を同じくすることがわかる。

さらに、ヒトY染色体のAlu繰り返し配列を人種間で比較した最近の報告によれば、アイヌと沖縄人に特定の配列があり、これは他のアジア人では見つからなかった。さらに、チベット人の半数にこのAlu配列が存在した。このことは、HTLV―1亜系で得られた結果とよく一致する。

興味深いのは、日本人のHTLV―1亜型と南インド人のそれが一致するということである。日本語はアルタイ語に属するが、日本語研究の第一人者であった故・大野晋氏は、日本語の起源を南インドの古代タミル語と主張されていた。私にはどうしても南インド人と縄文人や弥生人とが結びつかなかった。しかし、HTLV―1亜系の研究から、南インドと縄文人との関係が明らかになったのである。縄文人が、高度な航海技術を持っていたことは、伊豆諸島に、縄文時代の全期間を通じて彼らの遺跡が存在していることから明らかだし、最近高知県、宮崎県、鹿児島県などで見つかっている縄文時代の遺跡は「海上の道」の存在を裏付けるものとも考えられる。

ところで、ターミナルケアが叫ばれ出して久しい。キリスト教国にあっては、この世とあの世を媒介する心の支えのようなものがあり、ホスピスも教会を中心に発展した。故・梅原　猛氏によれば「現代日本人は死とあの世についての思考を放棄した」ということになるが、我々は、縄文人のアニミズム的な自然との共生、天国も地獄もないある意味では連続した循環する世界観にもう一度思いを致してはどうであろうか。このような話をATLの発見者である故・高月　清先生にかつてお話したことがあるが、先生は「でももうその頃には戻れないでしょう」と言われた。

地球気候変動と生物、そしてヒト

気象庁の観測が始まって以来の暑い夏だという。この先日本の気候はどうなるのであろうかという不安がある。熱帯夜に、地球の気候変動と生物進化について、あれこれ考えてみた。

約四五・六億年前地球が誕生したときには、すでに大気が存在していたと推測されている。その後約三〇億年前までは、大気中の CO_2 濃度は現在の数万倍も濃く、平均温度も六〇℃～一二〇℃であったようだ。

三〇億年前以降に大陸地殻が急成長したことにより、大気中の CO_2 は雨水に溶け炭酸になり大陸地殻の炭酸化合物を溶かし海洋に運び、炭酸水素イオンとなり、これが各種陽イオンと反応して炭酸塩鉱物として沈殿した。炭酸塩化合物は再び隆起して地殻成分となる。この炭素循環により、初期大気の大量の CO_2 が炭酸塩固定され、

大気中の CO_2 濃度が減少してきた。

現在見つかっている最古の岩石は四〇億年前程度である。その頃の海で、それ自体が酵素作用を有するRNAが最初生まれ、ついでDNAワールドができ、さらに細胞としての生物が誕生したのであろう。

最古の生命の痕跡は、約三八億年前のグリーンランドの堆積岩に含まれる炭素同位体が示す化学化石である。それらは、嫌気性の超好熱菌で、海底の硫化鉄を含む熱水の噴き出し口で誕生したのであろう。それらはその後、古細菌類と細菌類、シアノバクテリア（らん藻類）に分かれた。われわれの祖先である真核生物は古細菌類から枝分かれした。

約二二億年前頃に、大酸化イベンとよばれる地球の酸素化が起こったことが分かっている。これは、酸素発生型光合成を行うシアノバクテリアが地球上に大繁殖したせいである。最古のシアノバクテリアの痕跡は、西オーストラリアの二七億年前のものである。

この時期に至り、好気生物が繁栄するようになった。嫌気性の原始真核生物が、細胞内小器官のミトコンドリアの祖先である好気性原核生物（藻の祖先）と共生を始めたのは、この頃である。この共生により、原始真核生物は有害な酸素を水に変えるだけでなく、大量のＡＴＰエネルギーを手に入れることができるようになり、その後の多細胞生物への進化の基となった。

赤道までが氷河に覆われるスノーボール・アース（全球凍結）では生物は壊滅的打撃を受けた。最初のスノーボール・アース後に酸素呼吸を行う真核生物が繁栄し、二度目、三度目のスノーボール・アースを経て「カンブリア爆発」として知られている生物の爆発的な多種・多様化が生じた。これらは、スノーボール・アースにより、生物の大進化が促されたと想像できる。

ヒトに関係がある万年単位の気候変動については、過去八〇万年間に、約一〇万年単位で「氷期」と「間氷期」が繰り返されている。現在は最終氷期が終わり少し暖かくなった間氷期の時代である。大気中の CO_2 濃度は、このサイクルと同調して高低を繰り返している。その差は氷期と間氷期で一〇〇 ppm 近くあるが、産業革命以来のわずか三〇〇年間の CO_2 濃度の増加は、これをも上回る猛烈なものである。

現生人類のホモサピエンスは、約二〇万年前に出現し、氷期と間氷期を経験している。すなわち、ホモサピエンスは、生物として温度の変化には耐えられそうである。一方ヒトの文明の方は、過去一万年の間氷期の間の非常に安定した気候によるところが多いと思われる。

今後地球は、長期的には間違いなく氷河期に入るにしても、そこまでヒトが文明を携えて生きるためには、当面の数百年をなんとかしないといけない。現生人類にとっては温暖化した地球環境は未経験である。適応できるかどうか分からない。

この夏、西安を旅行した。西安は八〇〇万人近い人口をかかえる大都市であるが、かつての世界最大の都市長安の街全体には霞がかかっている。車の排ガスによるものである。郊外には巨大な石炭の火力発電所の煙突があった。この旅行中、CO_2増加による日本の美しい四季の消滅という漠然とした不安を覚えた。

論文疑惑騒動に想う

今年（二〇一四年）は、ＳＴＡＰ細胞論文や薬物の臨床データの偽造などが、マスコミの好餌となった。前者の基礎研究の場合は、基本的に研究者間で解決すべき事柄であり、後者の製薬会社が関与する臨床研究とは性質が異なる。

「ＳＴＡＰ論文」（Nature：五〇五、六四一―四七、二〇一五）の Low pH triggers fate conversion in somatic cells の項は、実際の実験経緯が理解でき、多能性指標 *Oct4* 遺伝子の発現細胞が一定程度認められたものと思われる。以後のＳＴＡＰ細胞の増殖能や分化能の実験結果には、納得・理解できないところがあった。

理研ＣＤＢによる発表会見時の Obokata 氏の「研究途中何度もやめてやる！と思いました」との発言に違和感を覚えた。自然界の真理に迫る主体としての謙虚さが感じられなかったからである。

今回のマスコミ狂想曲で、かのピルトダウン人事件を思い出した。これは二〇世紀初頭の英国のピルトダウンの地で「発見」された化石頭蓋骨の捏造事件である。アマチュア考古学者のC・ドーソンが同地から「発見」した頭蓋骨を、大英博物館のA・S・ウッドワード卿はEoanthropus dawsoniの学名で発表した。その頭蓋骨は現生人類のように大きく、下顎骨は類人猿のようで、更新世初期の現生人類の最古の祖先とされた。半世紀後に骨のフッ素測定法により、この化石が現世人の頭骨とオランウータンの下顎骨からなる捏造と分かるまで、この化石について二五〇編もの論文が発表された。Nature誌は、当時大英博物館にいた某動物学者が化石捏造の真犯人とする説を一九九六年に掲載した。

「ピルトダウン人」頭蓋骨と研究者達（John Cooke、1915、The Geological Societyホームページ）

夏目漱石は「道楽と職業」という講演で、「博士の研究の多くは針の先で井戸を掘るような仕事をするのです。深いことは深い…いかんせん面積が非常に狭い。

哲学者とか科学者というものは直接世間の実生活に関係の遠い方面をのみ研究しているのだから、世の中に気に入ろうとしたって気に入れるわけでもなし…。

今の世で彼らは…直接世間と取引しては食っていけないからたいていは政府の保護の下に大学教授とか何とかいう役になってやっと寿命をつないでいる」

と、科学者や哲学者は、世間と利害関係を直接ディールできない人種と定義している。

量子電磁気力学の繰り込み理論でノーベル賞を受賞した故・朝永振一郎先生は、「鏡のなかの世界」というエッセイで、当時の理化学研究所について、

「はいってみておどろいたのは、まことに自由な雰囲気である。これは必ずしもひとり仁科研究室ばかりではなく、理研全体がそうなのだが、じつに何もかものびのびとしている」

「私のいた仁科研究室などは、しょっちゅう大赤字を出すので有名なところであった…新しい研究というものはどっちに進んでいくか予定することがそもそも無理なので、相当な赤字の出ることは当然なのだ…仁科研究室の研究などは、特許にもならず事業にもならない純粋研究ばかりだったが、少しもかたみのせまいことはなかったのである」

と、「科学者の自由な楽園」を懐かしがっておられた。

今回の理研CDBのマスコミを使った研究成果の売り込みは、マスコミの痛いしっぺ返しにあった。漱石が喝破しているように、研究者は、「世間と直接取引をする」という点において、企業人とは立脚点が異なるのである。

「分子進化の中立説」でノーベル賞候補であった故・木村資生《もとお》先生は、世間と科学の関係について、「あまり功名心の強い人は、科学の分野に来て欲しくない」といわれていた。私は若かりし頃、先生の後継者である太田朋子先生に、「木村先生は騒がしい人はお嫌いです」といわれて、注意されたことがある。

ヒトは歌うサルである

新約聖書のヨハネによる福音書の最初の、"In the beginning was the Word"（初めに言《ことば》ありき）は、誰でも知っているが、実際は「初めに音楽ありき」だったかも知れない。文字を持たない文化はあるが、歌を持たない文化はない。

現生人類は、ヒト科—ヒト亜科—ヒト族—ヒト亜族—ヒト属—ホモ・サピエンス・サピエンスである。

ヒト亜族の中の最も古い先祖は、約七〇〇万年前のサヘラントロプス・チャデンシス（Sahelanthropus tchadensis）で、アフリカのチャドで化石が発見され、現地語でトゥーマイ（生命の希望）と名付けられた。サヘラントロプスから、現生人類（Homo sapiens sapiens）まで化石だけでも二〇種以上の人類がいたようであるが、その中で歌えたのは現生人類だけではなかろうか。

現生人類と最も近いのがネアンデルタール人（Homo sapiens neanderthalensis）である。約四〇万年前に出現し、数万年前に絶滅したヒト属である。現生人類は約二〇万年前にアフリカで生まれ、約六万年前アフリカを出て、以後世界中に拡散した。アフリカに残った現生人類直系のサン人は、南部アフリカのカラハリ砂漠に住む狩猟採集民族である。その言語はコイサン語で、多様なクリック音（舌打ちをするようにして発音される音）を子音として使用する。彼らは、集団でよく歌うようである。

ネアンデルタール人の脳容量は現生人類より大きく、現生人類と遜色のない知能を有していたと思える。ネアンデルタール人は、咽喉頭部が短いため、分節言語を発声する能力が低かったと思われている。ブローカ野の発達が悪かったことも指摘されている。

近年、複数の遺伝子の転写調節因子をコードしている*FOXP2*遺伝子と言語能力の関係が注目されている。*FOXP2*は脳や、肺、腸などの発達における遺伝子の発現制御に関与しているようで、進化的に*FOXP2*遺伝子の蛋白アミノ酸配列は強く保存されている。

キンカチョウやカナリアの研究から、歌の学習能力に*FOXP2*遺伝子の発現量が関係していることがわかってきた。またジュウシマツの歌の研究では、その歌には文法があり、言語としての条件を満たしているという。

ネアンデルタール人と現生人類の*FOXP2*遺伝子を比べてみると、主要部分に違いはなかったが、周辺の塩基配列に一塩基の違いが見つかった。その結果、ネアンデルタール人は、*FOXP2*遺伝子の発現が低下し、言葉や音楽能力が不十分であった可能性がある。

YouTubeで、「和楽器バンド」やBAND-MAIDなどの日本語のJ-rockに対する外国人のReaction Video内で彼らは、ロックは「骨で聴いて」反応し、バラードは「皮膚で聴いて」感動している。音楽は言葉とは別の次元のヒトの感情表現であり、言葉を超越して交歓される。

筆者は、クラシックはGustav Mahler、ジャズはMiles Davisを好み、「色彩とリズムを持つ時間」（ドビュッシー）を楽しんできた。

ヒトの長寿考

日本では昔から正月には、長寿を寿《ことほ》ぐことになっている。私が子供の頃は、正月に数えの歳を一つとっていた。昨今アンチエイジングが流行っているが、健康寿命を確実に延長する方法は見つかっていない。現実的には、病的老化を促進する生活習慣などを避けることが、目下のアンチエイジングの実践法であろう。

大抵の高等生物は少しでも長く生きて、子孫を残すチャンスを増やそうとする。子孫を残せたら、その種にとって限られた生態環境（ニッチ）を子孫に譲るために、死んでしまうように進化してきた。すなわち、子孫を残すことで生物は生命をリセットしてきた。ヒトの特徴はこのニッチが非常に大きいことである。地球上のあらゆる場所で繁殖しているのはヒトのみである。このニッチの増大と相まって、ヒトの寿命は延びてきたともいえる。

ところで、なぜヒトは長生きするようになったのだろうか。ヒトの特徴として、生殖後の期間（老齢期）が長いという特徴がある。チンパンジーでは、閉経後急速に死亡率が上昇する。一般に生殖を終え子供が自活できるようになった生物にとって生存する意味があるのだろうか。このことに関しては、「ヘルパー仮説」というものがある。これは、生殖を終えた女性が娘の生殖や育児を補助したり、男性も生殖後食糧生産を行うという考え方である。

ヒトの果てしない欲望は、少しでも長生きしたいと考える。人工的に成体細胞をリセットできるiPS細胞などを応用して、いつかは生物学的に決められた寿命以上に生きるようになるかもしれない。そのようなことは、近い将来には起こりそうにないので、いくつかの長寿社会の物語世界で、正月に長寿に関する想像の翼を広げてみよう。

ガリヴァー旅行記

アイルランドのジョナサン・スウィフトの書いた『ガリヴァー旅行記』は、一八世紀当時の英国やヨーロッパの社会・政治体制を風刺した大人向けの長編小説である。少年少女向けに書き改めた第一編の小人のリリパット国航海記などの要約版はよく知られている。

その第三編には、ラピュータ（宮崎　駿監督の『天空の城ラピュタ』のオリジナル）などいくつかの国が出てくるが、その中のラグナグ王国では、ストラルドブラグという不死人間が極めてまれに偶然に生まれるという話を書いている。ガリヴァーは、非常に喜び、すべての過去の知恵をもち、死から解放され、心を常に自由に遊ばせることのできる人々こそ世界に類のない幸福な人々であると考えた。もし、彼がその不死人間に生まれたら、富を築き、大学者になり、知識と知恵の生きた宝庫となり、国民を指導する神話的存在になれると想像する。

これらは、永遠の若さと健康がその前提にある考え方であった。しかし現実には、この国で人間の最高の寿命とされている八〇歳ともなれば、彼らも他の同年配のものと同じように、老人につきもののあらゆる愚かしさや脆さを暴露するばかりか、絶対に死ねないという前途を悲観して、他の老人の死を嫉妬するようになる。一番ましな不死人間は、すっかり耄碌して昔のことを全部忘れてしまっている人間であった。

八〇歳になると彼らは、僅かな生活費を残して、財産は跡取りが相続し、法的には死んだものとみなされる。わずかな国費で生かされているだけである。不死人間に関する法律がなければ、結局は国家の破滅につながらざるを得ないであろう、とガリヴァーはこの国の話を結んでいる。

この物語は、それから三〇〇年近く経った現在の長寿社会の典型的な問題点を鋭く風刺している。

Altered Carbon

ガリヴァーの不死人間とは異なり、永遠の若さを保つ未来社会を想定したものとして、リチャード・モーガンの『オールタード・カーボン Altered Carbon』がある。これは未来世界のハードボイルドのSFで、米国の年間最優秀SF小説に与えられるフィリップ・K・ディック賞を受賞した。

Altered Carbon とは、コピー人間のことで、二七世紀には人間の脳のシナプス結合情報をすべてスタックと呼ばれる脳内の植え込み型チップに移植することができるようになるという想定である。スタックは外部に移植できるようになっていて、スリーヴと呼ばれるクローン再生した人体に植え込み、次々に人体を入れ替えることで不老不死が得られるという設定である。

この社会では、貧富の差、社会的地位などによりその長寿の在り方が異なる。メトと呼ばれる特権階級は、次々とスリーヴを変え何百年も生き、富や権力を築いていく。

他方、富と権力がない者たちは、個体を維持するためスタックを用いることはあるが、それは大きな外傷でスリーヴを入れ替える程度である。さらに、このような生き方を宗教的に拒む人間の集団もいる。

物語のヒーローの名前はタケシであり、悪のヒーローはカワハラで、日本人をイメージして書いたようだ。

Bicentennial Man

愛する人と共に生を全うすることがヒトの幸福であることをテーマにしたＳＦ映画に、『二〇〇歳の男 Bicentennial Man』(邦題『アンドリュー NDR114』)というのがある。それほど遠くない未来の話として、家事用ロボットが家電製品として販売されるという設定のもとでの、ロボットと人間のヒューマンタッチな物語である。

アンドリューは個性的なロボットで、繊細な感情を持ってしまった不良品であるが、主人の家族を愛し家族も彼をヒトとして扱う。アンドリューはこの家族に三代仕えるが、その間科学も進歩し、自分自身を次第に改良し、脳のコンピューター以外は、人間と区別のつかないところまで進化していく。

アンドリューは愛する家族が死んでゆくのをみて、不死である自分の生きている意味を問い始め、愛する人がいなければ生きている価値がないことに気づく。彼は主人の孫娘と結婚するが、法的には認められない。彼は、さらに自己改造を加え、妻と同じように肉体が老化するような処置を自分自身に施す。アンドリューが二〇〇歳になったとき、法的に人間とロボットの結婚が認められ、二人は神に召される。

この映画は、アンドリューを人間に置き換えると、示唆に富むものである。すなわち、外観だけ若く保ち長寿を維持しても、いつかその生存の意義を見いだせなくなるのではないかということである。

宇宙生命『火の鳥』

手塚治虫の永遠の生命をテーマとした『火の鳥』は、仏教の輪廻転生の思想を、古代、現代、未来にわたって作品化した壮大なspace operaである。そこでは、あらゆる生命体、ロボットまでもが、宇宙の意思が具現化された火の鳥という宇宙生命体の一部分である。私たち日本人には、このような考え方がしっくりくるような気がする。

生物の寿命は、多細胞生物が出現して以来、そのときの地球環境に応じてＤＮＡの保存と複製が最も有利になるように、進化の過程で獲得した最も顕著な形質の一つである。何一〇億年もかかって獲得したこの形質を、ホモ・サピエンスになってせいぜい二〇万年で、数十年前にＤＮＡ研究を始めたヒトが扱えるようになるのは、まだまだ遠い未来であろう。

小豆島小文学旅行

ここ数年の正月は、一泊二日の気儘な国内旅行をするというのが、楽しみになってきている。数年前の正月に小豆島に出かけた。

私たちの世代は、「小豆島と言えば壺井　栄の『二十四の瞳』が思い浮かぶ。同書の「昭和廿七年十二月廿五日」発行の初版復刻版を買い求めた。昔小学校の図書室でお目にかかったようなハードカバーの立派な装丁であった。

大晦日に広島から新幹線、バス、フェリーと乗り継ぎ約三時間で、小豆島の土庄港に着いた。土庄港からは島の反対側になる土庄東港に面した山頂のホテルまで、車で一〇分足らずであった。

翌日、初日の出をホテルで拝み、山頂ホテルの裏側にある墓地の斜面を降りて行った。下まで降りて行くと、小さな木造一軒家がある。小豆島霊場の一つである西光寺の奥の院である南郷庵《みなみごうあん》を建て替えた尾崎放哉記念館である。ここの庵主として、放哉はその短い四二歳の生涯の最後の八ヵ月を過ごした。

尾崎放哉は、明治一八年鳥取県に生まれ、東大在学中より、先輩荻原井泉水と句作に熱中した。卒業後は、日本、朝鮮、満州の地を転々とした。いづこでも会社から酒癖の悪さと社会不適合の性格で罷免され、三七歳で「肋膜炎」に罹患した。この間、自由律俳句を主張する荻原井泉水の主宰する「層雲」に寄稿し評価を得ていた。妻と別れ托鉢の身となった。放浪俳人であるのは、同じ「層雲」の後輩同人である種田山頭火と似た境遇である。

南郷庵での放哉の生活苦については、吉村 昭氏の小説『海も暮れきる』に詳しい。当時は、肺結核は石灰化すると治るというので、塩化カルシウムを注射したようである。放哉の句は結核に苦しみ出してから冴えてきた。この庵の塀の外に、

障子あけて置く　海も暮れ切る

の大きな句碑が建っている。放哉の入庵雑記には、「庵は六畳の間にお大師さまをまつりまして次の八畳が、居間なり、応接間なり、食堂であり、寝室であるのです」とある。

その庭に、

いれものがない両手でうける

の句碑がある。

小豆島で、放哉の肺結核はやがて腸結核、喉頭結核を併発した。

咳をしても一人

これでもう外に動かないでも死なれる

肉がやせてくる太い骨である

と詠んでいる。

庵を出て、今降りてきた斜面の中腹まで登って行くと、他の墓石は何基か家単位で建っているのに、ひっそりと一基だけ建って、地面に立てた小さな木片に「放哉さんのお墓」と書いてある墓があった。

映画村には、土庄本町から島の南側をほぼ端から端へとバスで約一時間の行程であった。映画村というのは田中裕子主演の『二十四の瞳』の映画のオープンセットを、物語の舞台である岬の田浦にそのまま残したものである。前出の復刻版に「その村は、入り江の海を湖のような形に見せる役をしている細長い岬の、そのとっぱなにあった」

とあるとおりの景色であった。

一年生の子供たちが、怪我をして休んだ新任のおなご先生の家を尋ねて、親に内緒で自分たちだけで、この道を大遠征をしたことを想像しているうちに終点の映画村に着いた。

この映画村には岬の分教場がそのまま再現してあり、当時のボンネットバスも駐車してあった。教室の中は昔懐かしい教室設備が再現してあり、映画のスチール写真なども飾ってあった。

この物語を読み返してみると、この岬の村で生まれ育った壺井　栄が、女教師の眼を借りて、子供たちとその成長を通して見た、貧しい、地方の戦中戦後の歴史であることが良く分かった。そこには、母親から見た子供たちに対する絶対的とも言える愛情があり、これはまさに「母性童話」であろう。

バスで土庄港まで帰った。土庄港にはおなご先生を一二名の子供らが取り囲んでいる「平和の群像」が建っている。こちらのおなご先生は、木下恵介監督の『二十四の瞳』の高峰秀子をモデルにしている。その像を眺めていると、地元の人が数人来て花束を像に捧げていた。聞けば高峰秀子さんが昨月亡くなったとのことであった。不思議な縁で私もここにいるものだと思った。

フェリーの出発時間が近づき、船着場へと急いだ。正月の島の空は青かったが、風は強く冷たかった。この島での放哉の句を思い出した。

ヒドイ風だドコ迄も青空

米国内科学会（ACP）のこと

米国内科学会（ACP：American College of Physicians）発行の「Annals of Internal Medicine」と「ACP Internist」（旧Observer Weekly）の翻訳配信を始めて、今年（二〇〇八年）で三年目になる。前者は臨床医の論文や各種ガイドラインなどを掲載している臨床医向けの旬刊誌で、後者は医療行政や臨床上のトピックスが中心の週刊誌である。これらは主に総合内科専門医（旧内科専門医）の方を対象に配信しているが、ACP日本支部のホームページで、誰でも閲覧できるようになっている。また翻訳の一部は、日本内科学会雑誌の「専門医部会」の「世界の医療：今　世界の医療は」というページに毎月掲載している。

ちなみに、ACPは世界八〇カ国以上の国々に会員を有する最大の内科専門医の団体で、その支部は米国国内、カナダ、メキシコ、南米、日本などの七か国や地域にある。

以下の翻訳に関することどもは、ほとんど私の趣味の領域に属するものである。

翻訳はボランティアのACP日本支部会員がインターネットで原稿のやり取りをしながら、短時間で監修にまでもっていく。診療所、病院、大学、研究機関等様々な勤務形態の医師が翻訳に携わっており、順番交代制で分担翻訳をしている。私は、副編集長、編集長を担当してきているので、いつも翻訳間違いと締め切りが心を離れることがない。本業の仕事に差し障りがないように、基本的に毎週金曜日の夜をこの作業に充てている。


このような翻訳作業にもいくつかの楽しみがある。第一に、米国の保健・医療の問題を up to date で知ることができることである。ACPは保健・医療行政に関する問題には非常に敏感で、速やかに反応して上議員や議会に働きかける。日本と違うのは、合理主義の国家らしく必ず統計的な数字が出てくることである。食品や医薬品に関しても、FDA勧告などが頻出し、彼岸の国の対処の仕方の違いに頷いている。

次に、我が身の英語力の問題がある。翻訳者は在米中の方も含め米国留学の経験者だが、研究留学がほとんどなので、米国の保健・福祉行政や医療に関する組織や施設に関することには疎いようである。毎週、毎旬出てくる新しい語彙を専門書やネット

真ん中は Japan ACP 理事の黒川　清先生（政策研究大学院大学名誉教授、日本医療政策機構代表理事、東京大学医学部名誉教授、元日本学術会議会長、元内閣特別顧問など）と右の米国内科学会会長夫妻、左端が筆者（2019 年度 Japan ACP 総会で）

探索をして議論し、それらしい日本語訳を創出する。翻訳者同士で同意を得たものは、共同辞書に登録しており、もう随分の数になった。

さらに、この編集作業のおかげで、全国の多くの医師と知り合うことができ、これらの利害関係にしばられない仲間達は、私にとって精神的に貴重な存在である。

もともと、何か人に役立つことを、と思って参加した作業なので、あと三年は監修・編集作業を続けていく心積りだ。蛇足ながら、この翻訳作業に対して、ACPよりEvergreen Award賞が授与された。

5

青麦の道

わが医療原風景

本年（二〇一八年）三月、両陛下が日本最西端の与那国島《よなぐにじま》を訪問され、離島ご訪問の志を果たされていた。

テレビの与那国島の風景に、四〇年以上前私が学生時代に、九州大学医学部熱帯医学研究会（以下熱研）で診療活動をしていたことが、思い出された。

熱研での医療活動は、私にとっての医療の原風景であった。

私たちが学生の頃は、熱研活動の主戦場は沖縄の南西諸島を中心とした無医島の診療であった。私が入学した頃は、沖縄はまだ本土返還されていなくて、クラスには沖縄の特別留学生が二人いた。

私が、沖縄に行ったのは、医学部四年生と五年生のときで、三年生のときは奄美大島のハンセン病療養所に研修に行った。

教養部から医学部専門課程に入ったばかりの私にとって、ハンセン病患者さん達の隔離施設での研修は強烈なものであった。

与那国島健診

半年以上前から診療計画書を作成し、県内の企業を訪問して医療活動資金の寄付を募ったり、製薬会社に薬剤の提供をお願いしたりした。また、公衆衛生学の教授に団長をお願いし、診療に従事してもらう医師は熱研の先輩医師を中心にお願いして回った。

夏休みに、学生部隊は博多港から結構な嵩の診療器具を皆で手分けして船に積み込み、沖縄の那覇港までの船旅をした。那覇から石垣島までは飛行機で移動した。石垣島の民宿のような旅館で、ビデオで送って来ていた数日遅れのＮＨＫのテレビニュースをみて、天気が回復して与那国島まで飛行機が飛ぶのを待ったこともなつかしい。

田舎駅のような与那国島空港に着陸すると、いきなり南西諸島の熱い太陽が照りつけ、手持ちの顕微鏡などを一杯携えて宿舎まで「死の手行進」をした。嵩張る医療品は船で送り、車で医師不在の診療所まで運んだ。

与那国島健診の一風景

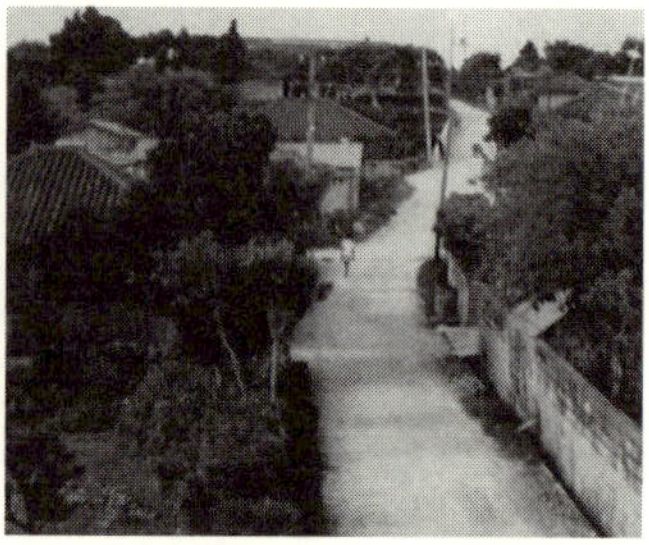
与那国島の集落の午後

町長さんが、島の部落を見下ろす宇良部岳の岩場に私たちを連れて行ってくれ、オリオンビールとビニールパック一杯の刺身で、健診団のために歓迎宴を開いてくれた。

私は、役場の女性職員の方と一緒に広報車に乗り、炎天下の各部落にマイクで健診団が来たことを広報したりした。

診察は医師にまかせ、私たち学生は、問診や血圧測定を担当し、採血管を遠心器で回したりした。

また宿舎に直接島民の方が診察依頼に来られたこともあった。

診療合間の風景

私たちは、古い民家を宿舎として借りた。当然、戸も障子もフスマも開けっぱなしである。夜はドナンという四〇度くらいある島特産の焼酎を医師たちが中心となって飲んでいた。

診療の休みの日は、当時はまだ汚されていない、真っ白な砂浜で、地元の子供たちと一緒に泳いだ。

ある夜、東崎《のぼりざき》と呼ばれる東端の灯台岬に皆で出かけた。与那国馬の遊牧地となっている平地に寝転び満天の空の星を眺めた。誰かが「あ、人工衛星だ！」と叫んだ。真偽は定かではなかったが、その「人工衛星」の光をまだ覚えている。

与那国馬が放たれている東崎

当時は何もかも大雑把な時代であるとはいえ、学生と教員や教授が、文字通り同じ釜の飯を食い、共同作業をした懐かしき黄金の日々であった。
後年、このときのことを思い出して、当時の島の様子を句に詠んでみた。
「一村の戸を開け放ち島昼寝」
診療を終え大学に戻り、夏休みの残りを使って、診療データを分担してしてまとめ上げた。当時はコンピューターもなく、統計計算は、公衆衛生学教室の手回しの計算機を用いて計算した。時間がある学生とはいえ、よく根気強くやったものだと思う。

私たちの活動は、「九州大学医学部熱帯医学研究会　沖縄学術診療調査報告書」となって残っている。

当時すでに亡くなられていた池間栄三医師の奥様からヨナグニサンの繭をいただき、帰省して自宅の自室にそのまま放置していた。その夏休みも終わり間近、自室の戸を開けると、夕暮れの畳に大きな白い蛍光を発するものが目に入った。私はその神秘的な姿に一瞬息をのんだ。世界最大の蛾ヨナグニサンが、繭からまさに羽化したばかりのところであった。

今年も熱研の活動報告書が送られてきた。今は世界中に研修に行っているようである。その経験が、彼らの「医療原風景」とならんことを願っている。

ベトナム人留学生のこと

タン・トラン・バン（Thang Tran Van）君と私が知り合ったのは、彼のためにライオンズクラブの奨学金の世話をしていた友人K君による。Ｔａｎ君の書く日本文学は私よりはるかに整っていた。彼はサイゴン市（現ホーチミン市）から来ており、時はベトナム戦争末期で、サイゴン陥落時には実家は戦火に遭ったらしいが、彼はサイゴンの家族のことは語りたがらなかった。彼は裕福な家庭で育ったようであり、ベトナム戦争後彼の階級は冷遇されたのかもしれない。

卒業式の日、彼は私の下宿に医師国家試験の問題集を携えて来た。当時は今とはちがい、国家試験の情報が少なく、彼は不安になったのだろう。おかげで九大医学部名物の卒業行事「学士鍋」に参加できなかった。

母校で二年間の研修を終えた後、私は東京の大学の大学院に進学、Ｔａｎ君は都内の私立大学に就職した。彼が私の研究室に電話してきて、食事を一緒にしようといい、二人で新宿西口のしょんべん横丁で食事をしたが、彼がおごってくれた。当時お互いにお金なぞなかったので、今考えると御礼のつもりだったのかなと思う。その後は、彼の同国人女性との結婚式に出席したのを最後に、三五年間音信不通である。

学生時代の夏休みにベトナム帰国した彼は、アオザイを纏った女性の美しい螺鈿細工の壁掛けをお土産にくれたが、いまだそれを持っている。五年前ホーチミン市を訪れたときＴａｎ君のことを懐かしんだ。依然同窓会名簿の彼は「消息不明」のままである。

「大をさ」の時代

九州大学第一内科教授故・柳瀬敏幸先生は、まことに筆まめで、筆先の立つ先生であったことは、誰もが思いをいたすところである。あの万年筆——後年はボールペンであったが——で書かれた太い特徴ある字体は、かつての教室員なら、誰にも思い出深いものがある。平成一八年九月の教室および同門会の合同葬で、ご子息の九大大学院医学研究院准教授の柳瀬敏彦氏が、「父は、医者でなかったら作家になりたかった、といっておりました」といわれたのを聞いて、得心したことである。私のようなものでも柳瀬先生からいただいたお手紙は三〇数通におよぶ。それらの手紙には慈愛があふれていた。

傘を貸していただいた研修医時代

昭和五一年卒の私は、一年目は県立宮崎病院で研修を受けたので、九大第一内科で先生の御薫陶を直接受けたのは、二年目研修医の一年しかなかった。

あるときの教授回診で、受け持ち患者さんが放射線科受診をしたため、回診時ベッドにおられなかった。先生は随分と立腹され、体温板をベッドに投げられた。病棟会で、先生は、「九大第一内科の歴史で、教授の回診時に、患者がベッドに居ないということはかつてなかった」と言われ、病棟医長のM先生は随分と困られた。私は、教授回診よりも患者さんの検査が優先するのは当然、と思っていたので、謝らなかった。その後病棟医長のM先生は柳瀬教授にお叱りを受けたようで、「宇野君、謝った方がいいんじゃなかろうか？」と気を使って私に言われた。私も教授、病棟医長に気配りが足らなかったことを反省し、回診の時間帯だけでも、患者さんにベッドに居てもらうように手筈は整えられたはずであったと、思い直した。

教授室を予約なしで訪ね、この前の回診中の無作法をお詫び申し上げたところ、柳瀬先生は、一瞬意外な顔をされたが、続いて「うん、うん。一内科では、患者さんは必ず教授の回診を受けることになっておるんだよ。患者さんもそのために入院しているんだ。今後気をつけるようにしなさい」と言われた。

そのとき、窓外で雨が降り始めていたのに気づかれた先生は、「君、傘を持っているかね」と聞かれた。私が「持って来ていません」と答えると、「これを持って行きたまえ」と、教授室にあった傘を差し出された。私は、ありがたくお借りした。その後は、病棟でも可愛がっていただき、回診中に指摘された文献を教授室に何度か拝借に行ったりさせていただいた。

そのようなことがあり、研修の終わり頃、遺伝学の勉強がしたいと教授室に相談に上ったとき、東京医科歯科大学の大学院を受験するようにと、薦めていただいた。さらに、当時の山口助教授にお話していただき、受験要項をとって来ていただいた。さらに病棟医長にも話されたようで、M病棟医長には、患者さんの負担が過重にならないようにと、大学院の入試前には、配慮していただいた。

柳瀬先生には、私はやかましいばかりの男と映っていたようで、「宇野のようなうるさい男は、東京に行かせるに限る」と、病棟では常々いわれていた。本当にそのように思っておられたようで、結婚式の仲人をしていただいたときも「宇野はやかましい男である」と、いわれた。後年私が句集をお送り申し上げたときは、「貴君にこのような面があるとは知らなかった」と、お手紙をいただいた。

『病気の遺伝学』の文献を探したこと

東京医科歯科大の笹月健彦先生のところで、大学院生活を送っていた頃、柳瀬先生から、何度かお手紙をいただいた。手紙には、福岡の天気や生活状況のことが書いてあり、これこれの文献をコピーして送ってくれるように、と指示してあった。文献は古いものが多く、中には一八〇〇年代のものもあった。私は東大の医学部図書館に行き文献のコピーをしてもらった。「もらった」というのは、文献が古く自分では入れない書庫にあるような文献であったからだ。そのとき、私は、このような古い文献まで揃っているとは、さすがに国家が造った帝大の長であるなと、妙に感心したのを憶えている。

その頃は、先生が大著『病気の遺伝学』を執筆されているのを知る由もなく、出版後初めて、その中身を知った。私のようなものでも、先生の仕事に少しでも役立てたことを喜ばしく思っている。

宮崎医科大学を辞めた頃のこと

宮崎医科大学の津田教授が定年退職されて、後任の教授選で、橘助教授が一票差で教授に届かなかったとき、お手紙をいただいた。

その手紙では、「橘君ほどの人物」が教授になれなかったことを非常に悔やんでおられた。それに続けて、

「私としては、貴君には居直って、そのまま宮崎医大にとどまっていてはどうかと思うが、貴君や丸山君の性格からみて、そうもいかないでしょう」

と、私たちの行く末まで気を配っていただいた。

実際その通りになったが、結果的に、医局とはあまり関係のない医療の競争現場に身を置くことで、臨床技術習得だけでなく、広く医療界全体を見渡す良い機会を得た、と私は思っている。


大学を辞して、国家公務員共済組合連合会呉共済病院に勤め始めたときには、

「病院勤めの五か条、
一、時間にきちんとしていること
二、院内では絶対怒ったり、感情をあらわにしないこと
三、患者にはきめ細かく、あくまでやさしいこと
四、絶対にウソをつかぬこと
五、同僚、先輩には「この人は自分の味方で、いざというときには親身になってた

すけてくれる」という信頼を克ちとること」

という文章をいただいた。この五か条はいまだに完全に実行できてはいないが、時々思い出しわが身を戒める言葉としている。

同院に着任して間もなく、亡妻がミトコンドリア脳筋症に脳炎を併発し、意識障害が長い間続いていたときには、

「貴君の令室のことは、工藤君からうかがっています。大変だとは重々察します。どうかけん命に尽してあげて下さい。

小生はこういうだけで、貴君の姿が浮かび上がってくるのです。やり切れません」

というお手紙をいただき、非常に有難いと思った感情記憶が残っている。

医局講座制の今

柳瀬先生は、医局講座制が厳然と存在し、母教室が、自教室出身者の大学教室や全ての出張病院にわたって、気を配っていた時代の教授であったように思える。先生は一族郎党に己の自我を拡大して、理と情に加えるに愛を持って、みごとに任を遂行され、「大をさ」にふさわしい先生であった。まことに大変なことであったろうと、私のようなものには思える。

柳瀬先生がミシガン大学のニール教授とシャル教授夫妻を招いて「第二回遺伝コロキアム」を開かれたとき、どちらかの教授が、「柳瀬先生は九州のゴッドファーザーであるといわれている」といわれたとき、柳瀬先生は少し怒って、私に「あんなことをいう。わしはそんなものではない」といわれた。そのときの真意は、私にはいまだわからない。教室を主宰したものでないとわからない思いがあったものと想像している。

時代は変わった。今まで医局とは医師の自発的な運営組織であり、医師や研究者を責任を持って育て、病院に医師を派遣する組織であった。他面、医局講座制は一種のギルド制であり、ある種の終身雇用制であった面もあるようにも思える。

研修医制度設立に尽力され、内閣特別顧問で科学顧問をされている東大名誉教授の黒川　清先生は、米国流の医学教育を主張され、臨床医は医局を離れて他流試合することの重要性を唱えておられる。先般、ある会合で黒川先生に看護師教育のことでご相談したとき、「どうだ、医局を離れてはじめて、医療がわかるだろう」と言われた。確かにそのような面があることは事実である。医療に効率主義と市場原理が入って来たとき、医局は当然質的な変化を迫られる。同時に、これらは、医療の地域格差をも生み出して来ている。

このような時代だからこそ、人と人の関係が仕事だけでなく、「同じ釜の飯を食う」同族であった医局は一層懐かしく思える。

柳瀬教授の時代が、明治以来の、帝国大学医局講座制の最後の時代であった、ように私には思える。

スライドのこちら側

学会発表や講演・講義がPowerPointなどの電子媒体になって久しい。私は昭和五一年卒で、昔は症例発表のスライド作成に苦労したが、同世代の方は同じような経験があるのではなかろうか。最近居室が狭くなったので、思い切ってスライドを始末することにした。項目別にスライドファイルに整理してある。大きいものと小さいものがあるが、一ケース二〇〇枚としても一万枚以上ある計算になる。そこで、内容を見て私にとって貴重なものは、スキャナーに取り込んでコンピューターのハードディスクに保存することにした。

私は物持が良いというか、放置していた研修医時代の最初の症例報告が残っていた。そのスライドは、当時のハイテク機械であるパナコピー器で作成したもので、カビが侵食していた。その症例報告は、私の汚い直筆で、図表も定規を使って書いていた。

これは当時本邦第一例目の内分泌疾患症例で、私の初めての論文にもなったものである。その後は、和文タイプライターを用い、背景をブルーバックにする方法などを使っているが、これは業者に依頼しないといけないので、当時の収入では大変だったような記憶がある。

大学院生になると、大抵の研究発表の文や表は英文タイプライターで間に合わせるようになった。図形に関しては、大学に近い御茶ノ水に、美術製作や製図関係に使う道具などを専門に扱っている店があった。そこでロットリング rotring に用いる製図用ペンやテンプレート組み合わせ定規などを購入して作図が楽になった。さらには、貼付用のさまざまな文字や図形の各種のシールが出回るようになり、もはや作図にエネルギーを割かなくてもよくなった。

しかしその時代、統計ソフトはまだ出回っておらず、カシオの Programming Calculator FX 502P という手持ちサイズのプログラマーが発売された。これには、統計プログラム手順の本が付いており、統計で使う式を自分でプログラムするものであった。当然のことながらプログラミングを少しでも間違うと最初から何度も入れ直さないといけないので、苦労した記憶がある。これは当時の優れものの Made in

Japanであった。

パソコンで図形らしいものを作ることができるようになったのは、私たちの世代では、MS-DOSが一般的になり「花子」ソフトで簡単な図形を作ることができるようになった頃であろう。写真を取り込んだり作図したりとスライドが自由にでき出したのは、私の場合、Macintoshのコンピューターで AldusPersuasion を用いるようになってからである。この時代から、スライドの大量生産が始まった。ここで困ったことに、AldusPersuasion に入れてあるものは、PowerPoint に移すのが困難であることが判明した。

ところで、昔の症例報告は、個人情報の公表が現在のように制限されていなかった。昔の症例スライドには、顔写真はもちろん、個人情報が記載されている。主治医にさせていただいた患者さんの様子が目に浮かぶ。これらは、処分しなくてはなるまい。

スライドの内容は四〇歳頃からは血液患者専門になり、膨大な末梢血・骨髄標本写真やリンパ節などの組織写真が多いのは当然として、患者さんの身体写真も多い。また、剖検させていただいた臓器や組織の写真も混じっている。いまさらながら、臨床医として患者さんに育てていただいたことを再認識し、これらの方々に感謝の気持ちが湧いてきた。症例や病理写真などの中には、貴重なものもあり、何らかの形でまとめて医療貢献することで、悪性造血器疾患の死者たちに報いなければとも思う。

　これらのスライドを、スキャナーで取り込んでいたが、一ヵ月も取り込んでいるうちに、それが故障してしまった。電気店に持っていくと一一年以上前のものは部品ストックがないとかで、修理を断られた。何事につけても過去を整理するには、時間と労力に加えてお金もかかるものだ。

参考・引用文献

1　ヒロシマ

『似島《にのじま》　廣島とヒロシマ』原水爆禁止似島少年少女のつどい実行委員会編、一粒の麦社、共同サポート印刷、二〇一五年
『もうひとつのヒロシマ　秀男と千穂の似島物語』仲里三津治、講談社、二〇〇八年
広島市似島臨海少年自然の家ホームページ
http://www.cf.city.hiroshima.jp/rinkai/top/web_top.htm
『黒い雨』井伏鱒二、新潮社、一九六六年
『対話　原爆後の人間』重藤文夫、大江健三郎、新潮選書、新潮社、一九七一年
『命の塔～広島赤十字・原爆病院への証言～』「いのちの塔」手記編集委員会、中国新聞社、一九九二年
『文藝春秋』昭和三十年八月号、文藝春秋新社、一九五五年
『ヒロシマ医師のカルテ』広島市医師会編集委員、広島市医師会、一九八九年
『The Japan Times News Digest 2016.6 臨時増刊号　核なき世界へ米大統領演説集』ジャ

パンタイムズ、二〇一六年
『オバマ演説集』三浦俊章編訳、岩波新書、岩波書店、二〇一〇年
International Physicians for the Prevention of Nuclear War（IPPNW）ホームページ
https://www.ippnw.org/
IPPNW日本支部ホームページ　http://www.hiroshima.med.or.jp/ippnw/nihonshibu/
The International Campaign to Abolish Nuclear Weapons (ICAN) ホームページ
https://www.icanw.org/campaign/
『漱石文明論集』三好行雄編、岩波文庫、岩波書店、一九八六年
『句集広島』句集広島刊行会、句集広島刊行会発行、一九五五年
『文藝春秋』昭和三十年八月号、文藝春秋新社、一九五五年
『わが戦後俳句史』金子兜太、岩波新書、岩波書店、一九八五年

2　大震災

『東日本大震災　石巻災害医療の全記録　「最大被災地」を医療崩壊から救った医師の7ヵ月』石井　正、ブルーバックス、講談社、二〇一二年
「第三期『災害時におけるマネージメントおよび災害医療教育』福島第一原子力発電所事故による双葉厚生病院の全員避難の経過と問題点」草野良郎、日本内科学会雑誌、

一〇三巻五号 1210-1213、二〇一四年

3 先人を想う

『江戸参府紀行』ジーボルト著、斎藤 信訳、東洋文庫八七、平凡社、一九六七年
『吉益東洞の研究 日本漢方創造の思想』寺澤捷年、岩波書店、二〇一二年
『好生堂頭取役青木周弼』森川 潤、広島修大論集、第五三巻、第一号、二〇一二年
『解体新書 復刻版』西村書店編集部編、西村書店、二〇一六年
『蘭学事始』杉田玄白著、緒方富雄校註、岩波クラシックス、岩波書店、一九八三年
『解体新書と小田野直武』鷲尾 厚、無明舎出版、二〇〇六年
秋田県立近代美術館 Akita Museum of Modern Art ホームページ
http://www.pref.akita.jp/gakusyu/public_html
『医学するこころ オスラー博士の生涯』日野原重明、岩波書店、一九九一年
『平静の心 オスラー博士講演集』日野原重明、仁木久恵訳、医学書院、一九八三年
『私の歩んだ道 内科医六十年』日野原重明、植村研一、岩波書店、一九九五年
『かんこ鳥』玉井源作編集、玉井源作発行、一九三〇年

4　日々想念

『日本人の魂　あの世を観る』梅原　猛、光文社、一九九二年
『地球環境46億年の大変動史』田近栄一、化学同人、二〇〇九年
『生命と地球の歴史』丸山茂徳、磯崎行雄、岩波新書、岩波書店、一九九八年
The Geological Society ホームページ
https://www.geolsoc.org.uk/Library-and-Information-Services/Exhibitions/The-Societys-portrait-and-bust-collection/Discussion-on-the-Piltdown-Skull-1915
“Stimulus-triggered fate conversion of somatic cells into pluripotency” Haruko Obokata, et al. Nature Volume505 Issue7485, pages641–647, 2014
『社会と自分　漱石自選講演集』夏目漱石、ちくま学芸文庫、筑摩書房、二〇一四年
『鏡のなかの世界』朝永振一郎、みすず書房、一九六五年
『二十四の瞳』壺井　栄、光文社、二〇〇五年
『海も暮れきる』吉村　昭、講談社文庫、講談社、一九八五年
American College of Physicians (ACP) ホームページ　https://www.acponline.org/

初掲誌一覧

1　ヒロシマ

宇品港からの被爆風景　広島市医師会だより（No.616）二〇一七年八月
ヒロシマの医師たちの記録と記憶　広島市医師会だより（No.580）二〇一四年八月
オバマ大統領のヒロシマ演説を読む　広島市医師会だより（No.604）二〇一六年八月
核兵器とノーベル平和賞　広島市医師会だより（No.628）二〇一八年八月
被爆の交響詩「広島句集」の再発行を　広島県医師会速報（第2309号）二〇一六年八月

2　大震災

陽はまた昇る――東日本大震災　広島県医師会速報（第2116号）二〇一一年四月
東日本大震災から一年半　広島県医師会速報（第2172号）二〇一二年一一月
東日本大震災から一〇〇〇日――石巻再訪
広島県医師会速報（第2213号）二〇一三年一二月
広島と福島――フクシマの医師からの手紙（前）
広島県医師会速報（第2235号）二〇一四年八月

広島と福島――フクシマの医師からの手紙（後）　広島県医師会速報（第2236号）二〇一四年八月

3　先人を想う
広島でのシーボルト　広島県医師会速報（第2379号）二〇一八年八月
医学会総会余話――京の吉益東洞　広島県医師会速報（第2273号）二〇一五年八月
長州藩医　青木周弼のこと　広島県医師会速報（第2367号）二〇一八年四月
東京メトロ「解体新書」巡礼　広島市医師会だより（No.609）二〇一七年一月
「解体新書」の解剖図を描いた男　広島県医師会速報（第2321号）二〇一六年一二月
日野原重明先生へのオード　広島県医師会速報（第2351号）二〇一七年八月
多賀庵風律のこと　広島県医師会速報（第2276号）二〇一五年九月

4　日々想念
日本人の基層としての縄文人　広島県医師会速報（第1696号）一九九九年八月
地球気候変動と生物、そしてヒト　広島県医師会速報（第2097号）二〇一〇年一〇月
論文疑惑騒動に想う　広島県医師会速報（第2249号）二〇一四年一二月
ヒトは歌うサルである　広島市医師会だより（No.618）二〇一七年一一月
ヒトの長寿考　広島市医師会だより（No.561）二〇一三年一月

小豆島小文学紀行　広島県医師会速報（第2179号）二〇一三年一月
米国内科学会（ACP）のこと　広島市医師会だより（No.507）二〇〇八年七月

5　青麦の道

わが医療原風景　広島県医師会速報（第2381号）二〇一八年八月
ベトナム人留学生のこと　学士會会報 No.899-II　二〇一三年
「大をさ」の時代、柳瀬敏幸先生を偲ぶ　九州大学第一内科同会編、九州大学出版会 二〇〇八年
スライドのこちら側　広島県医師会速報（第2195号）二〇一三年六月

あとがき

広島県に来て二三年になります。また、前任地の呉市から広島市に移ってからは一五年になります。

この間、ヒロシマについて遅まきながら考えたこと、東日本大震災で衝撃を受けたこと、広島の先人などに興味を持ち多少調べたこと、さらに四季折々に浮かび出て来た想念のあれこれをエッセイの形で書き綴ってみました。

広島には県医師会員の「広島県医師会速報」、広島市医師会員の「広島市医師会だより」の二誌の広報連絡誌があります。前者は昭和二六年以来の旬刊誌で、後者は昭和三〇年以来の月刊誌で、共に長い歴史を持っています。私のエッセイは主にこれら二誌に掲載していただきました。二誌の編集部の方々には、私の冗長な文章を掲載していただき、お礼を申し上げます。

広島市に来てヒロシマのことに思いを馳せない訳にはいかず、そのうちにフクシマでの原発事故が発生し、二つのことが私の頭の中で結びつくようになりました。

大震災後、広島大学医学部と福島大学医学部の人事交流もあったようですが、ヒロシマもフクシマもまだ過去のことではなく、現在進行形の問題であることを認識していただければ幸いです。

なお、「被爆の交響詩『句集広島』の再発行を」で掲載させていただいた六名の方の句には、現実に体験した者のみの重みがあり、深く共鳴致しました。これらの方々と連絡が取れませんでした。もしも御本人がお元気の場合や、御身内・知人の方で消息をご存知でしたら、出版社までご一報くだされば幸甚に存じます。

後半には、日々想念ともいうべき、筆者の個人的な事柄も多く載せており、読者の方々に興味があるかどうか疑問に思うところですが、エッセイ集ということで、お許しください。

宇品から瀬戸内海を眺望して

二〇一九年深秋

著者紹介

宇野　久光（うの　ひさみつ）

九州大学医学部卒業、東京医科歯科大学大学院卒業、医学博士。米国ヴァージニア大学医学部講師、宮崎大学医学部准教授、国家公務員共済組合連合会呉共済病院、日本赤十字広島看護大学教授などを経て、現在広島赤十字・原爆病院総合内科。

米国内科学会フェロー、日本内科学会認定内科医・総合内科専門医・指導医、日本血液学会専門医・指導医、日本人類遺伝学会臨床専門医・指導医などの資格で医療・学会活動をしている。

ACP（米国内科学会）より、Evergreen Award と Volunteerism Award 受賞。

医学関係以外に「句集　癒しの力」（ふらんす堂）、「芭蕉句碑で巡る安芸・備後」（溪水社）がある。

ヒロシマで考えたこと

令和元年 12 月 2 日　発行

著　者　宇野久光

発行所　株式会社 溪水社

広島市中区小町1-4（〒730-0041）
電　話：082-246-7909
ＦＡＸ：082-246-7876
E-mail : info@keisui.co.jp

ISBN978-4-86327-495-2　C0095